「這樣也滿好玩的。」
「咦？」
「避人耳目，偷偷摸摸地在街上前進，然後神不知鬼不覺地竊走寶物，或是擄走公主。不覺得自己好像變成了這種故事裡的主角嗎？」

然而現實則否。
被識破的謊言彼端，
只有一片昏暗混沌。
比肩而坐，談天說地的同時，
我們絕對不會迎上彼此的眼神。
僅是朝著不特定方向展露笑容，
互相說著不著邊際的話語。
歐黛・岡達卡

我笑著說謊。
姊姊識破了我的謊言。
姊姊笑著說謊。
我識破了她的謊言。

如果反面的背後是表面，
如果被識破的謊言彼端存在著真相，
這可能就是真心誠意的交流互動吧。
或許正因如此，
我們才得以當一對再平凡不過的好姊弟。

「……拉琪旭小姐，妳該不會很愛看這類映像晶石吧？像是《發條裝置的戀與夢》，還有《吠叫吧，拉喬尼！》之類的。」
「我不記得了……不過，我想一定是的。因為我光是聽到劇名就很感興趣。噯，之後有空的話，要不要一起去看啊？」
「咦，我也一起嗎？」
「你也一起。比起一個人，兩個人一起看一定更有意思嘛。」
「哦……好，有空的話喔？」
「嗯，有空的話。」

末日時在做什麼？能不能再見一面？

4

枯野瑛
Akira Kareno
illustration ue

Kadokawa Fantastic Novels

末日時
在做什麼？
能不能
再見一面？

contents

「自我滿足的美夢」

-delusion of dependence-

自己打從一開始就知道她很強了。

當然，彼此在訓練時算是打得有來有往。但能這樣也是有兩個簡單明瞭的原因。其中一個原因在於那是互相切磋進步的訓練場合，不可能發揮出能夠把對手化為餘燼的強度；另一個原因則在於她本身的個性上。菈琪旭·尼克思·瑟尼歐里斯的個性既溫和、重視朋友、和平又膽怯，和她擁有的一身才能完全不相襯。

所以想當然的，菈琪旭在拆掉這兩個枷鎖後，就會蛻變成平常的她所無法比擬的——甚至連緹亞忒·席巴·伊格納雷歐等人也難以望其項背的強大兵器。

第一次交鋒，接著第二次交鋒。

每當彼此劍刃交會，總會無可奈何地被狠狠壓制。

緹亞忒無法完全抵抗住對方的攻勢。雙方催發的魔力（Venenum）所造成的威壓不同。對方那種壓倒性的強度足以無視劍技、體格和體重等一切能夠耍小聰明的要素，她們彼此之間存在著根本上的差距。

「菈……」

菈琪旭，為什麼？她想這麼問。然而在呼吸間沒有任何說話的餘地。她無法張嘴鬆開緊咬著的牙齒。若是不把全副心神都投注在眼前的「敵人」身上，可能連站都站不住。

不，豈止如此。

光是現在這樣就立刻達到極限了。對方毫不費力地舉起瑟尼歐里斯一揮，她閃避不及，勉勉強強地用伊格納雷歐擋在劍的攻擊軌道上，免得直接受到攻擊——但是劍芒中蘊含一股爆炸般的勁道，她沒能承受住。她就像是被棒子打出去的小石子一般，如同字面意思被打飛了出去。

——啊啊……

景色不停變換，令人眼花撩亂。

緹亞忒宛如一顆砲彈飛過空中，同時有許多思緒在她腦中千迴百轉。

比如說，與珍視的家人為敵的悲傷；還有，不管對方是以何種形式存在，只要見到她很有精神的模樣就湧起的一陣喜悅；以及，不知她為何會跟在費奧多爾身邊的憤怒；再然後，就是自己在身陷如此麻煩事態之中的她面前，只能無力地被打飛在空中的這種屈辱。

緹亞忒將這些亂糟糟的無數心靈碎片推至一角，由於照這勢頭撞到樹木會很危險，她冷靜地判斷自己必須做好防禦。她甩掉眼角的淚水，正打算在空中硬是重整態勢時……

咚的一聲輕響。

有個柔軟又有力的東西……某個人的手臂穩穩接住了她。

「——咦？」

她不明所以，思緒頓時凍結。

『妳做得很好喔。』

一道緹亞忒極其熟悉的嗓音溫柔地輕聲說道。

——咦……咦？

那是令人無比懷念的嗓音，是她曾經最喜歡的嗓音，是她以往總是抱著憧憬仰頭聆聽的嗓音，也是她應該再也聽不到的，已失去的嗓音。

緹亞忒抬起頭，想要確認那個人的臉龐。但直到剛才的戰鬥中，她始終都過於勉強自己的身體，導致身體已經不聽內心使喚了。她就這樣直直盯著菈琪旭從容不迫地朝自己逼近，不再有更多動作。

「難道說，是學……姊……」

為什麼黃金妖精（Leprechaun）的眼珠看不到正後方呢？她將僵硬的脖子扭到極限，眼睛用力往斜上方轉過去。就算這麼做，她還是看不到對方的身影，連一根頭髮都看不到。

『嗯。』

只有一道柔聲的肯定在她耳邊響起。

「可是，為什麼……」

『我實在放不下妳們，所以就回來啦。妳看，不是只有我而已喲。』

纖細的手指從緹亞忒背後直直地指著前方。手指所指的方向又出現了另一道人影，插進了菈琪旭和緹亞忒之間。

『喲，緹亞忒和菈琪旭，好久不見了啊。』

她看到了一個身形頎長的男性剪影，以及他的側臉。

那是非常……不對，是還算有點懷念，還算有點喜歡，還算有點可靠，但同樣應該再也無法見到面的某個人的臉龐。

『搞什麼，才一段時間沒見，妳們兩個就長這麼高了啊。所謂的成長期還真是可怕啊，真是的。』

毫無緊張感的聲音。

那個男人雙臂抱胸，一邊肯定地點點頭，一邊重新轉向菈琪旭。

「你……你們兩個是怎樣啊？」

菈琪旭當然被這兩個不速之客給嚇到了，她不知所措地這麼喊道。然而，男人不為所動地踩著輕鬆的步伐，快步接近少女。

危險！緹亞忒如此想著。

現在的菈琪旭並不是他們兩人過去很熟悉的那個率真純樸的少女。

菈琪旭受到某個壞男人的連累，個性已截然不同。她正值危險的叛逆期，會將接觸到的一切事物都斬殺殆盡。再加上她還會使用超強超不妙的超遺跡兵器（Dagr Weapon）瑟尼歐里斯。對於理應不在這裡，甚至該說遠從五年前就不存在的那兩人而言，這些事情他們是不會知道的。

而且，如她所料，菈琪旭好不容易從混亂中振作起來後，就用完全感受不到一絲留情的氣勢舉起瑟尼歐里斯，朝逼近眼前的男人揮出一擊——

「——咦？」

風聲呼嘯，劍斬斷的僅是空氣。

「嘿？」

緹亞忒也忘了自己的處境，不禁發出了呆傻的叫聲。

她以為那會是必殺的一擊，這距離不管怎麼做都絕對閃避不了。至少換作是她的話，可能直到頭咻地一聲被砍飛到空中為止，才會察覺到自己身上發生了什麼事吧。但是……

『哈哈哈！看妳還是一樣有精神，就各方面來說我都放心多了啊。』

不知道男人是怎麼閃過剛才那一擊的，只見他不知何時已經站到了菈琪旭的身後。

『這一劍揮得好，不帶半點迷惘。用這劍法來揮動瑟尼歐里斯的話，確實幾乎可說是打遍天下無敵手了……不過，儘管如此！』

男人裝腔作勢地賊賊一笑，然後堅定地指著菈琪旭。

『唯有父愛這種東西是不會遭到粉粹的！』

…………

這傢伙在說些什麼啊？

面對眼前實在太出人意料的發展，緹亞忒腦袋一片空白。

『來吧，菈琪旭！雖然妳的身體因為各種緣故陷入類似滿目瘡痍的狀態，但叛逆期的幾句心裡話，我就用物理方式來承受吧！』

「所以你們兩個是怎樣啊？」

菈琪旭再次揚起不知所措——且似乎混雜著淚水的聲音。男人沒放在心上，他跳了起來，大大張開雙手，一副「來擁抱吧」的模樣。

『接招吧，人族祕傳（Emnetwi̇nt）——絕對粉粹父愛之拳！』

這什麼鬼命名，想粉碎什麼東西啊？

「慢著慢著慢著，那個關節是怎樣啊？」

嗚哇！他全身都在扭動，扭到不知道生物扭成這樣是不是被允許的。

『哇哈哈哈，休想逃啊我的女兒！看我的！』

嗚哇！飛起來了。

「呀啊啊啊好噁心好噁心扭來扭去好噁心！」

嗯，真的很噁心，生理上無法接受。

『羈絆隨便就能超越常識與物理法則！來吧，讓愛將妳包圍起來，敞開妳的心吧！』

這個人從剛才開始到底都在說些什麼鬼話啊？

「羈絆才不是那種東西！常識也該好好重視才行啦！」

啊，總覺得這慘叫聲聽起來很像以前的菈琪旭。

實在有夠離譜。

這是怎樣？究竟是怎麼一回事？眼前發生的一切確實都看在她眼中，但她一丁點也無法理解。

置身這種狀況中，緹亞忒腦袋一片空白，除了張大嘴發楞，什麼也做不到——

就在這時候，她醒了過來。

「…………」

她猛然從床上坐起身子。

抓一抓睡亂的頭髮，她看了看從窗簾的縫隙間流瀉進來的晨光，輕輕地揉揉微腫的眼睛，然後「呼啊啊啊」地打了個特大的呵欠。

「……………」

她呆呆地望著晨光好長一段時間後……

「那個夢到底是怎樣啊？」

緹亞忒小聲叫嚷著（怕吵醒同寢室的其他人），然後使盡全力抱住了頭。

「追捕那名罪人，然後……」
-who is tagger?-

1. 那一天的第五師團

據說地表曾經是一片肥沃的大地。

然而，當時在地表繁榮昌盛的人族創造出〈十七獸〉，並且釋放了出去。那些形態不一的獸是毀滅的化身，須臾之間便消滅了人族及大地上的多數居民。

倖存下來的居民歷經漫長的逃亡生活後，在大賢者這名人物的引導之下來到了天上。因為〈十七獸〉全都沒有翅膀，無法直接襲擊離開地表的居民。

在那之後，五百多年的光陰過去。

這五百年始終籠罩在如履薄冰的和平之下。眾人幾度遭到毀滅的危機襲擊，勉勉強強將之擊退而存活至今。

現今的懸浮大陸群（Regulu Ere），便是建立於不斷積累起來的奇蹟之上。

開戰日子將近。

最近這幾天，護翼軍第五師團增加了大量的工作。

盤據於曾為友善鄰居的三十九號懸浮島上的巨大危害〈沉滯的第十一獸（Croyance）〉，現在也正往這裡慢慢接近當中。護翼軍眼下必須盡快找出對抗措施才行。

〈獸〉本來就是不死之身，沒辦法用普通兵器解決掉。

至今以來，護翼軍在和〈獸〉對戰時，主要都是利用龐大的一般兵器阻止敵人行動，然後將其從懸浮島擊墜。所有〈獸〉唯一的共通弱點（據目前所知）就是「沒有翅膀」，因而「無法獨力登上懸浮大陸群」。所以沒必要堅持殺死那種不死的存在，將它們從天上驅逐出去是最妥善的處理方式，也幾乎算是僅此一策。但是，〈沉滯的第十一獸〉是以包覆住整座三十九號懸浮島的形式存在於天空中，因此相同的處理方式已經行不通了。

要將它擊墜，可能必須將被包覆住的島嶼本身轟成粉末才行。但三十九號懸浮島是相當龐大的一座島，而且覆蓋於其上的〈沉滯的第十一獸〉宛如鎧甲般保護著岩石表面。用一般的兵器與戰術大概連削下一小塊地表都很困難。除非是超出常規的強力兵器，或是能夠顛覆以往常識的戰術，否則根本束手無策。

巨型戰略艇「蕁麻」被擊墜是一大損失。裝載在「蕁麻」上的移山砲（Mountain Thrower），是現今懸浮大陸群能指望的最強最重型的質量兵器。有移山砲的話，或許就可以突破〈沉滯的第十一獸〉的保護，將三十九號懸浮島擊碎。就算無法獲得那樣的戰果，但移山砲的攻擊能造成多少程度的損傷，其數據依然會是進行下次攻擊作戰時所能依據的最有效線索。至少在權高位重的護翼軍高層心中，應該有著這部分的考量。

然而，那艘戰略艇已經不在這裡了。它在與三十九號懸浮島無關的地方，被〈沉滯的第十一獸〉吞沒，消失於地表上。想當然的，那艘艇有一半以上是技術人員異想天開的成果，製造成本是其他艇無法相比的——因此沒辦法輕易地找到替代品。

最近的護翼軍基地比以往更加喧鬧。

為了迎接日漸迫近的戰役，目前正馬不停蹄地籌劃準備中。

出入港灣區塊的補給艇絡繹不絕，物資接連不斷地被搬運進來。原本關閉的民間工廠一間一間被買下，改建為建造新兵器的場所。

然後，每個人都各自抱著大量備品、裝備和指示單，忙得東奔西跑。這種時候別說是種族差異了，連尉官和士兵之間都沒有差別。

這些人都要面對迫在眉睫的戰役，並且也抱持著相同的危機意識，因此大夥齊心協力一同備戰。

就某方面而言，這是一幅極為公平且平等的景象。

†

在所有沉重的木箱都搬得差不多後，便獲得了一小段休息的空檔。

全身的熱度恰到好處。儘管用了一點點的魔力強化過身體，但從事勞動工作依舊必須用到肌肉。上臂和大腿都很緊繃，大概明天就要承受輕微肌肉痠痛之苦了。

緹亞忒．席巴．伊格納雷歐去餐廳要了冰得透心涼的水後，走到樹蔭底下。

她一邊聽著涼爽的沙沙樹葉聲，一邊將容器傾斜，讓水沖掉喉嚨深處的異物感。

「呼。」

歇了口氣，平復心情……

但就在下一刻，她的臉龐忽然湧起滾燙的紅潮。

「嗚……啊啊啊啊！」

因為她想起今天早上的夢了。

那是很羞恥的夢。

她確實有跟個性劇變的菈琪旭持劍交戰，也確實因為懸殊的實力差距，導致她完全不是菈琪旭的對手，被打到無力還擊的地步。到這裡都沒問題，姑且不談內容有多悽慘，作這個夢本身並沒有什麼好責備的。

問題在於之後發生的事情。

受到某個聲音很懷念的人鼓勵與幫助，還得到莫名其妙的助陣，這些全是她自己的妄想。一旦不太想接受的現實記憶擺在眼前，她的腦袋就自動補上「如果有出現這樣的發展就好了」的情節。這是赤裸裸地呈現出自身欲望的夢境，而且還加了一大堆很幼稚的改編內容。

威廉．克梅修——身為她們所有人的「父親」的他，在她的夢中被塑造成一個感覺很蠢的角色。可能在年幼的她眼中，他看起來就是那個模樣吧。現實中的他應該沒有那麼反常奇怪，也沒有那麼不合邏輯。大概吧。

「嗚嗚……」

意思就是，事到如今，她還像是個愛撒嬌的孩子，一點也沒有長進。

把自己當作獨當一面的士兵起身行動，攔截費奧多爾的去路，和菈琪旭持劍交戰，然後輸得一敗塗地。如果在這裡結束也就罷了，但她卻在戰敗的夢中受到監護人的幫助，這該做何解釋？不正代表她還是小時候那個毫無自覺地躲在庇護之下的自己，心態完全沒有任何改變嗎？

到頭來，她就是只有這點程度而已。崇拜那些帥氣的大人，希望自己有朝一日也能像他們一樣，吵吵鬧鬧地努力著，還意外獲得艾瑟雅學姊的稱讚，說自己很優秀等等。儘管如此，在她的內心深處，還是想將自己做不到的事情全都交給偉大的學姊等人來解決。

沒錯，這個想法強烈到甚至讓她作了那種夢。

「嗚嗚嗚啊——！」

她抱住頭，左右扭轉著身體。

「怎麼了？妳今天又出現了格外奇特的舉止，好引人注目啊。」

熟悉的嗓音傳入耳中。

她倏然回神，連忙站直身體。

現在可不是因為想起回憶而顧著扭來扭去的時候。她還有很多該做的事情，也有一些非得細想的事情。既然時間是有限的，她就不能一直沉浸在過去的回憶裡。她必須定睛注視的是眼前的此時此刻，也是今後要迎接的未來。她就這樣想起了這些種種事情。

　站在她眼前的，是擁有淡紫色頭髮，與她年齡相仿的少女——此時正一臉傻眼的潘麗寶．諾可．卡黛娜。

「妳在想費奧多爾的事情嗎？」

「才……」她想了一下。「才不是呢！」

　她沒說謊。她剛才在想的確實不是那傢伙的事情。

　實際上費奧多爾本身並沒出現在那個夢裡。雖然他是自己和菈琪旭對立的原因之一，是很重要的相關人物，但就是沒有看到他的身影。

「那妳能不能幫我個忙？今天似乎是個特別容易被拜託傳令的日子，必須跑來跑去傳遞文件才行，忙得我實在分身乏術啊。」

　說著，潘麗寶晃了晃揹在肩上的包包。

「……我才剛忙完一樁工作，正要休息耶。」

「我想也是。不過，一直活動身體比較不會胡思亂想喔。」

　唔。她不知該如何回答。不愧是認識很久的朋友，潘麗寶早看穿了她的各種心思。

……雖然有可能是因為她的個性很好懂，但她決定不往這方面去想。

「這個和這個給妳，麻煩妳以最快的速度快遞給總團長。」

「哎喲，很厚臉皮耶。」

她接過一捆又厚又重的文件。

「我現在不是很想見到總團長一等武官先生就是了。」

「嗯，發生什麼事了嗎？妳該不會是暗算人家失敗了，就撂下『下次見面時我一定會打倒你的』這種話吧？」

「怎麼可能啊，我又不是潘麗寶妳。」

「不，我也不會做出那種缺乏常識的行為喔。」

那妳幹麼這樣說啊？緹亞忒用力吞下想指出這一點的衝動，說：

「喏，就是費奧多爾逃走的那個時候啊。我逼了他好幾次，請他讓我去追費奧多爾回來，但他當然不准我去嘍，從那之後就有一點尷尬。」

雖然她說的都是真的，但措詞也不是很精準。

正因為事隔一小段時間，現在腦袋已冷靜下來，她才明白嚴重性。那幾天她的所作所為根本不是輕描淡寫地用「逼了他好幾次」這句話就能帶過去的。就算總團長要把她關進禁閉室冷靜一下腦袋，她也不能有任何怨言。

「總團長是個心胸寬大的男人，不會放在心上的，所以妳也別糾結就好了吧。」

「話是這麼說沒錯啦。」

但就是因為她很糾結，所以才會這麼傷腦筋啊。

她覺得給總團長添麻煩了，對他感到很抱歉。再加上她還用盡全力表現出自己對費奧多爾這號人物有多執著，這樣的事實讓她覺得很丟臉。

「沒什麼大不了的，其實我也不想和他碰面，而且我的恥辱比妳的還要新。」

「……妳做了什麼？」

「不值一提啦，最起碼不是暗算那一類的。」

潘麗寶說著，用滿不在乎的表情聳了聳肩。

「挑戰對方時必須從正面進攻。這是我的座右銘之一。」

這傢伙到底做了些什麼啊？

†

巨大的鋼鐵塊一邊在粗厚的鐵軌上發出震耳欲聾的「轟隆轟隆嘎啦嘎啦唧唧唧唧」噪

音，一邊行駛於鋼鐵之上。

特大號裝甲車輛上載著超特大火砲。要是就這樣直接發射砲彈的話，車輛會因為反作用力而翻倒，因此有加裝好幾個特別訂製的駐鋤。但這樣又導致重量過重，無法在正常道路上移動，便打造成只能在專用的鐵製軌條上行駛。於是，這玩意兒就誕生了。

其名為猛豬級軌上砲擊車輛「英格斯．馬列奧」。擁有超出規格的射程與破壞力，從地上發出的砲擊甚至能將大型飛空艇擊墜，是懸浮大陸群數一數二的**無用**兵器。

……沒錯。雖然它確實能擊墜大型飛空艇，但換句話說，除此之外幾乎無用武之地。而且既然只能在鋪有軌條的地方使用，就表示必須是自軍工兵能夠完善地做好工作的地方才派得上用場。也就是說，這是「原則上只能在以戰略飛空艇為對手的都市防衛戰才能有所發揮的決戰兵器」。現實中不太可能會有這樣的機會。應該說，要是常有這樣的機會就麻煩了。

「現在的戰況連那種玩意兒都必須拖出來不可了啊……」

一個穿著軍官專用軍服的被甲族(Armado)一邊擦拭額上的汗水，一邊感慨地咕噥道。

「你剛才說什麼？」

他旁邊同樣穿著軍官專用軍服的兔徵族(Haresanthropos)憲兵——似乎難以忍受砲擊車輛的行駛聲，

所以輕輕垂下了細長的外耳——揚聲喊道。

「沒啦，就發個牢騷！覺得費奧多爾四等武官實在很能幹！」

一等武官也大聲回道。

「當他不在之後才發現他的重要性！我哪曉得光是少了那傢伙一人，每天被分配到的工作量就變多了！我現在已經快哭出來了！」

「現在不是講那種悠哉話的時候吧！」

憲兵一副要抑制頭痛似的按住額頭。

「你該不會忘了那個能幹的費奧多爾四等武官闖了些什麼禍吧？」

「哎呀，就算你這麼說！那傢伙意圖要做的事情，我真的也只刺探到其中一小部分而已啊！畢竟你們又不告訴我那傢伙還幹了什麼事情！」

「我們不是有意為難你！是因為直到現在還是沒辦法完全掌握住他的全盤計畫！」

在發出鋼鐵摩擦的刺耳煞車聲後，砲擊車輛停了下來。

接著，幾個駐鋤展開來，將車體固定在地面上。

也許是因為噪音消失了，稍微靜下心來的緣故，只見憲兵輕輕搓著外耳，並壓低嗓子自言自語似的說道：

「我們在他的個人房間連地板都掀起來檢查過了，甚至去他常光顧的麵包店，執行了一遍品行調查——其實不能說毫無收穫，我們確實有得到很多原本不曉得的資訊——但光是這樣還是沒有掌握住他想要什麼，以及他打算謀劃的一切。」

「意思就是，雖然失敗了，但還沒有敗北。」

被聲響振動的鼻頭很癢，他用指尖輕輕搔了搔。

「他連自己會在某個地方犯下致命性失誤的可能性都有考慮進來，用多方分散風險的方式來執行計畫，因此假設失誤真的發生了，也不至於全盤失敗。那傢伙的才幹真的都擺在這種不起眼的地方啊。」

費奧多爾・傑斯曼是個小心謹慎的少年。

這是因為他出身擅長謀略的墮鬼族(Imp)……或許也不只如此。他不會仗著自己年輕有本錢，也不恃才傲物，他的行動帶有強烈的目的意識，讓他能夠徹底壓抑住自己的內心，只為精準地走出下一步。他就是這麼一路活過來的。

至少約莫一個月前的他是這樣的一個人。

然而，最近這陣子——在他認識那四名上等相當兵之後，他就變得有點鬆懈。可能是因為他一直以來都過著兢兢業業的生活，所以對於真實的自己被硬拖出來一事，他看起來似乎有些不知所措。

因此，他才會提前執行始終準備得很謹慎的計畫，還有自告奮勇去做關注度高的特別任務，以及犯下以往的他絕不可能出現的失誤。

是什麼東西改變了他嗎？不過，一等武官不會不識趣到去追究這方面的事情。

「……一旦被那種與過去的自己截然不同的人生態度給吸引，就不可能再繼續當死士了吧。這種時候我不會說這是在講誰就是了。」

「啊？」

「沒事，我在自言自語。」

視野一角，有好幾個技官正在哇啦哇啦地大聲爭執。看樣子是其中一個駐鋤有著些微的彎曲……具體來說，大約是一塊鱗片的厚度。「維修負責人是誰啊？」、「工房的門還開著嗎？」、「不能就這樣強行使用嗎？」「白痴喔，彎成這樣，只要射一發就折斷了啦！」、「原來鋼鐵的神經比你家老婆還要纖細啊。」、「你說什麼？」、「超有說服力的耶。」像這樣，激烈的唇槍舌戰沒完沒了。

一等武官轉身背對那片喧囂。

他還有幾個地方想趁今天之內，應該說趁太陽高照時去巡視一遍，沒什麼閒暇工夫可以耗。

「所以報告內容就這樣？意思是集結憲兵的力量去追捕，還是完全沒掌握到那傢伙的行蹤嗎？」

「不，關於這部分有兩個線索。」

嗯？

聽到出乎意料的話語，讓一等武官停下了腳步。

「第一個線索是他似乎有得到豚頭(Ork)族聯絡網的協助。他們數量龐大，而且分散在懸浮大陸群的每座城裡。既然有他們當後盾，費奧多爾・傑斯曼繼續潛伏在萊耶爾市內的必然性就很低，因為逃過護翼軍的監視網離開這座懸浮島並不是件難事。」

「……這可未必。」

他小聲嘟囔出不同意見。

「那小子看起來在這座城裡似乎還有想做的事情。」

不知憲兵有沒有聽到他的聲音，又或者是聽聽就算了，總之憲兵毫不在意地繼續說了下去。

「第二個線索則是根據第一個線索得來的，大概三天前，有幾名身分可能經過偽裝的人搭上隸屬橘榴石商會的交易船，離開了這座懸浮島。雖然沒有直接目擊者，但已經確認過幾樣可以推測其中一名是費奧多爾·傑斯曼的依據。」

「哦？」

「昨天晚上，那個人在二十八號懸浮島格林姆捷爾市的港灣區塊轉搭另一艘交易船。由於他有出示當地發行的通商許可證，所以無法盤問和拘留他，但已經掌握了他的目的地。」

「噢，做得很好嘛。」

除了擁有強韌翅膀的極少數種族以外，要想在懸浮島之間移動，就必須搭乘飛空艇才行。而所謂的飛空艇只能在備有特殊設備的區塊才可以停靠與出航。因此，護翼軍在追捕通緝犯時的大原則，就是在各地的港灣區塊布下監視網。通緝犯當然也清楚這一點，總是會用盡各種辦法鑽出監視網。

二十八號懸浮島是這附近最繁榮的懸浮島之一，港灣區塊的規模也相當龐大。再者，治安也沒有多好，飛空艇和乘客的檢查也並不嚴格——應該說，有好幾種鑽漏洞的法子。

「是做得很好，所以請你撤回剛才的發言。」

「啊——是是是，就是我說你們完全沒掌握到行蹤那句吧。原來你其實很在意啊？」

似乎又要開始動作試驗了，砲擊車輛在發出轟響與振動的同時重新啟動。在陣陣噪音當中，混雜著一等武官碎唸的一句「沒想到你會在意這種小事情啊」。

「你說什麼？」

「不，沒什麼。所以呢？連他藏著什麼企圖都沒查到的那個前四等武官，現在人在哪裡──」

「──欸？」

少女的聲音傳來，他們的對話頓時打住。

他們轉頭一看。

「該不會是巴洛尼·馬基希一等武官吧？」

只見一名揚起嫩草色髮絲的無徵種──妖精兵少女正朝這裡奔過來。

「是緹亞忒·席巴·伊格納雷歐嗎？」

兔徵族喃喃似的確認她的名字。

「啊，果然是巴洛尼·馬基希先生。」

那名少女踏著輕快的腳步跑過來後說：

「好久不見，啊，好像也沒有過很久的樣子，但就算這樣感覺還是很久沒見到您了。

您特地來這種地方有什麼要事嗎？」

「什麼這種地方啊，妳這小丫頭……」

住在三十八號懸浮島（這種地方）的護翼軍第五師團總團長小聲嘀咕著。

「我來這裡是有幾件事情想親口通知。不過，預計之後立刻就要飛去其他懸浮島。」

「哇，您依舊忙得不得了呢。」

「很可悲就是了。」

「啊哈哈，您辛苦了。」

就武力、資本、權限的意義而言，護翼軍都是個有力的組織。並且，力量這種東西必須隨時加以控管才行——有時候就連在控管之下都會失控。

這名兔徵族——巴洛尼·馬基希是一等憲兵武官，主要的業務是監察與監督護翼軍內部，以因應出現失控的情形。他之所以會「忙碌」，就表示護翼軍此刻正處於相當不穩定的狀況之中。

「啊，對了，呃，總團長一等武官，這裡有東西要給您。我被交代要用最快的速度快遞過來，所以請您立刻過目。」

「啊——是是是，我這個一等武官感覺也依舊忙得不得了啊，要是有人可以溫柔地體恤我一下就好了。」

「當您在強調這一點時，看起來就像是丟著不管也不要緊喔。」

「如此受到信賴真令人開心啊。」

被甲族有點自暴自棄似的「啊哈哈」笑著，一邊接過了文件夾。

「那我告退了。」

「啊，別走，妳先等一下。」

緹亞忒正要轉過腳後跟，聞言頓時停下了動作。

「緹亞忒上等相當兵，妳來得正好，跟我一起稍微聽一下這隻兔子要說的事情吧。」

「怎麼了？」

「……唔？」

「啊？」

巴洛尼・馬基希和緹亞忒看著彼此。

「發生什麼事了嗎？」

「這樣好嗎？如果接著講剛才的事情，就會觸及不少機密喔。」

兩人的視線雙雙移動到被甲族身上。

「再說，這個小姑娘和那個人並不是毫無關係吧？把不客觀的當事人牽涉進來不是會變得很麻煩嗎？」

「所以我才要她加入啊。和那傢伙以冷靜的思維互相猜測計謀，是不會有什麼好結果的。想把他逼入絕境也好，或是要逮捕他也好，若是不投入能夠打亂計算的因子，甚至連跟他一決勝負的機會都沒有。」

這兩人都沒有具體指出是哪件事，但要說目前為止有發生什麼類似的事情的話，緹亞忒多少也猜得出來他們在說什麼。

「那個，該不會是在說……」

「嗯，應該就是妳想的那件事喔。」

被甲族爽快地點點頭，然後看向巴洛尼．馬基希。

「真是沒辦法啊，既然都被推測到這個地步了，事到如今就算瞞著不說也沒有意義。那我可要借用遺跡兵器（Dagr Weapon）的適任精靈緹亞忒．席巴．伊格納雷歐一陣子嘍。」

「拜託你了……是說找得到負責監督的尉官嗎？」

「不知是幸還是不幸，有個人很適合這個工作。雖然當事人絕對會抱怨，但想必最後還是會妥協的。」

「那就好。麻煩你繼續——」

唧嘎嘎嘎嘎嘎——車輪與軌條互相摩擦發出震耳欲聾的強烈噪音，冷不防地轟炸在三人身上。

他們一起皺著臉等待令人不快的振動從牙齒深處消失。

「——麻煩你繼續說剛才的事情。」

「好。」

儘管巴洛尼．馬基希心神不寧地抖動著外耳，但在清了清喉嚨後，他還是重新開啟了話題。

「逃亡中的費奧多爾．傑斯曼前四等武官在橘榴石商會的引導下已經逃出這座懸浮島了。經確認後，發現他帶著菈琪旭．尼克思．瑟尼歐里斯逃亡相當兵經過二十八號懸浮島，往更加遙遠的都市前進了。」

「找到人了嗎？」

緹亞忒忍不住插嘴問道，但巴洛尼．馬基希並未回應。

「不過，這個消息的準確度有待商榷，而且憲兵隊在現在這個時間點沒辦法用正規任務的名義派出追兵。」

「咦……怎麼會這樣！」

「好啦，妳先冷靜點。」

被甲族一派悠哉地說道。

「巴洛馬基老兄也別太吊人胃口，直接從結論說起吧。這丫頭現在可是耿直到嚇人的地步，拐彎抹角的說話方法是行不通的。」

「咦？」

她心想：這是什麼意思？

巴洛尼．馬基希用指尖推正眼鏡後，繼續說道：

「……確實沒辦法用正規任務的名義派出追兵，不過還是可以找其他名義做這件事。現在當地正好發生了相當複雜棘手的事件。雖然對方並沒有申請支援，但硬是插手關心一下應該還是可以的。」

呃，所以要做什麼呢？

看到緹亞忒臉上那副顯然沒聽懂的表情，巴洛尼．馬基希像是放棄了什麼似的，微微垂下眼眸說道：

「意思是，我們可以透過發派其他任務的形式將妳送到當地。雖然妳的行動當然會受到大幅限制，但總比待在遠方卻什麼也做不到來得好。」

緹亞忒雙目圓睜。

「地點是十一號懸浮島，第一港灣區塊。這個城市對妳而言不算完全陌生吧。憲兵隊和第五師團都無法提供協助，不過妳可得好好應對啊。」

她張開的眼睛眨了一下。

「十一號……咦？所謂的第一港灣區塊，不就是……」

「嗯，那是個相當著名的地點，對妳個人而言應該也是格外有淵源的地方吧。不僅是懸浮大陸群屈指可數的古都，也是那樁『艾爾畢斯事變』的發源地，現在又陷入另一個騷動的漩渦中……」

憲兵頓了頓，終於說出了那個地方的名稱。

「我指的就是科里拿第爾契市。」

2. 費奧多爾．傑斯曼

鏡子的另一端出現了他不認識的男人。

聽起來很像是描述青春期妄想的故事，然而這是事實，他也沒有辦法。當費奧多爾探究著鏡中人時，鏡子裡那個和他一點也不像的人也同樣探究著他的臉龐。

那是身高頎長，擁有黑髮黑瞳的無徵種男性，穿著黑色軍服，一張臉毫無銳氣。

他不認識這張臉——雖然費奧多爾想這麼說，但其實並非如此。他前幾天才在驚愕之中見過一次這張臉。就是那天他在醃漬桶（零號機密倉庫）裡頭，以為是〈嘆月的最初之獸（Chantre）〉的亡骸，而打開了貼有「死亡的黑瑪瑙（Black Agate）」標籤的木箱時見到的。

費奧多爾見到這個男人的遺體被安置在其中，看起來彷彿睡著了一般。

「——你這傢伙……是誰啊？」

費奧多爾忍著頭痛，伸出拳頭猛力打在鏡面上。

鏡中的男人也同樣伸出拳頭猛力打在鏡面上。

『你這個人……是誰啊？』

慢了半拍後，鏡中的男人也這麼問道。

「是我在問你！」

『是我在問你！』

「回答我的問題啊！」

『回答我的問題啊！』

簡直沒完沒了。

對方就是一直在學他說話。他覺得自己很像是對著空空如也的甕不斷自問自答的人。說出口的話被反彈扭曲，過一下子又傳了回來。

他將視線從鏡子上移開。重複無意義的舉動也不會有收穫，更別說只會頭痛更加劇烈而已。

——這下可傷腦筋了。

這很明顯是幻覺的症狀。首先可以確定的是，一定是因為他窺探了「死亡的黑瑪瑙」的箱子的緣故。再來就是**他不小心和箱中人四目相交**這件事。他會不會是在那一瞬間被施加了類似詛咒之類的東西呢？還是說，是墮鬼族的眼瞳……雖然費奧多爾自身也不是很了解，但恐怕是具有強勁催眠效果的一種力量……失控了，對他的精神產生奇怪的影響呢？他不曉得正確的答案，卻也沒有多餘的心力可以冷靜地探究原因所在。

他覺得自己在短時間內變成了相當廢的一個人。

原本文武雙全，前途似錦的四等武官，不知何時出現了末期的幻覺症狀，同時間還遭到通緝。實在悲情到可笑的地步。不過，對於一個與惡德和墮落為伍的墮鬼族而言，這或許也可以說是標準的生活方式吧。

「呼。」

他取出沒有度數的眼鏡戴上。

接著，他看向鏡子。這次鏡子裡映出的就是他所熟悉的自己了。不知出於什麼樣的原理，那個黑髮男子的幻覺似乎只會在裸視的情況下出現。雖說這樣不過是治標不治本，但能找到對策就很值得慶幸了。他決定今後都要盡可能戴著眼鏡。

他抱著排解情緒的想法往窗外看去。

巨大姿態控制翼上的青苔色油漆有一半都快剝落了，而緊急救生風箏不知道是不是沒有固定好，正岌岌可危地搖晃著。

然後，在另一邊。

雲海為下半部視野抹上一片純白，天空則將剩餘的上半部染為一片蔚藍。

「……………」

這是專屬於橘榴石商會的飛空艇，他正待在其中一間客房裡。

雖說是運貨專用的大型飛空艇，但當然還是有一定的速度。然而，從窗外看到的景色就像是貼上去的圖畫毫無變化，只有青苔色、白色和藍色這三種顏色，馬上就看膩了。

不過，環視房間後也沒發現什麼特別有趣的東西。這裡不過是把原本的小倉庫重新裝修成的空間罷了。除了他現在正坐著的沙發床以外，就只有小小的衣櫃、河馬擺飾、掛在牆上的時鐘和剛才那面大鏡子而已。

他看了看時鐘。距離抵達目的地之前似乎還有一小段時間。於是，他下意識地用眼神追著從窗外飛過去的小鳥背影，一邊回想幾天前的事情。

†

費奧多爾·傑斯曼想起那天夜晚，他和菈琪旭一起脫離護翼軍，並且擊退前來追擊的緹亞忒的事。他將自己想去其他懸浮島一事告訴佶格魯後，佶格魯當時臉上的表情直到現在都還歷歷在目。

「我很感謝你出手相救，也很抱歉讓你看到我這副沒出息的模樣。在這種情況下，我希望你能借我一臂……不，是借我一足之力。」

佶格魯問他有什麼打算。

「你在三十八號懸浮島不是還有要做的事情嗎？」他這麼問。

「我想做的事情當然堆得跟山一樣高。但是，我現在能做到的事情太少了，而必須做的事情則堆成另一座山了。」

他全身的筋骨都在發疼，不斷地大聲抗議著，纏繞在眼睛內側的疼痛也不亞於前者。

費奧多爾拚死忍住這一切不適，用有力的語氣說道：

「能夠在這裡得到的情報，我都已經收集得很足夠了。護翼軍用來對付〈獸〉的兵器關鍵在其他懸浮島上。雖然失去四等武官的身分非常令人遺憾，但以時間點而言也不算太糟。因為不管怎樣，只要我還隸屬於護翼軍的話，就沒辦法去做那些我現在該做的事。」

佶格魯眼神筆直地探究著費奧多爾的眼睛。

費奧多爾也眼神筆直地盯了回去。

他沒有偽裝表情，也認為沒有那個必要。因為他此時此刻只需要讓佶格魯明白兩件事。第一，是他的態度很認真；第二，是他真心認為自己有勝算。

「我們並不是想用自己的雙手發動戰爭，只是想將護翼軍獨占的武力與〈獸〉的知識開放給全世界。所以，一直拘泥於兵器本身也無濟於事。現在需要做的，是找到生產、管理那種兵器的設施，把源頭揪出來。」

他嚥下一口唾沫。

「為此，我必須仰仗一位人士的協助，就是穆罕默達利．布隆頓博士。他在工學、醫學、語言學和神祕學等各領域都有所鑽研——」

「……你講這些事情似乎有點兜圈子的意味在啊。」

佶格魯的口氣帶著懷疑。這也不意外，畢竟佶格魯．摩澤古是商人，而所謂的商人是一種不會隨含糊不清的夢想起舞，而是追求實際利益的生物。

「我就直接問了，照你的做法，我們橘榴石商會能得到什麼好處？」

「想了解〈獸〉的知識的人要多少有多少。雖然我很想將獲得的知識大方散布出去，但也不能這麼做。一切事物的價值都取決於要支付多少的代價。一個情報如果不用費一絲工夫，只要坐等接收的話，誰也不會認可其價值，所以……」

「哦哦……」

醜陋的豬臉又扭曲得更難看了。

「原來如此，所以你是要我們製造效果，讓大家感受到那個情報非常可貴就是了。並且為了達到這個目的，要我們向各處酌收鉅額費用。」

「你這樣講就過分了。」

費奧多爾輕笑。雖然這種說法確實不太好聽，但內容完全沒錯，佶格魯說得很正確。

「再來，我們需要你說的那號人物來促成這樁生意，我這樣說對嗎？」

「是這樣沒錯。」

「好吧，感覺這是有價值的交易。既然我判斷有利可圖，那麼今後橘榴石的人員就會繼續為你提供最大的助力。」

「那真是感激不盡。」

佶格魯·摩澤古是豚頭族。據說豚頭族是非常護短的一族，由於壽命不長，衍生出一套獨特的生死觀和文化，使他們內部結成封閉的社群，而這甚至是造成他們與其他多數種族產生摩擦的原因。

因此——只要雙方認同彼此為互助對等的關係，他們就絕對不會背叛對方。

然而，這並不意味著他們永遠都會這麼好說話。費奧多爾已經讓佶格魯看到自己極為丟臉的模樣，而且還欠了個天大的人情。所以從現在開始，他必須重新在這個男人面前持續證明自己夠格擔當「對等的夥伴」。

（這樣真的好嗎？）

他沒把這個問題問出口。

佶格魯剛才那番說詞有非常大的漏洞。比方說，必須去找穆罕默達利博士這個人和得到〈獸〉的知識之間，有著什麼樣的關聯；還有就是，費奧多爾想做的事情在獲得佶格魯的協助後，具體來說會經過什麼樣的過程而轉換成金錢。這些種種問題，這個豚頭族都沒有問他。

不可能只是單純忘了問，這男人可不會如此疏忽大意。既然如此，那就只能推論他是故意略過不談了。

（……現在就先接受他的好意吧。）

對於沒有透過言語傳達的體貼，他也無法透過言語道謝。

所以費奧多爾只是不發一語地微垂著眼眸。

「那妳……」

談到最後要確認菈琪旭的意思時，他還是緊張起來了。

「願意幫我嗎？」

「我怎麼可能會離開你呢？」

這就是少女的回答。

「我既沒有要去的地方，也沒有要做的事情，所以我就按照自己心中所想的待在你身邊。不管你打算做什麼，我都會支持你的行動，哪怕你不願意也沒用喔。」

未保有過去記憶的少女這麼說，然後露出稚氣的——彷彿仰慕父母的孩子般的笑容。

（…………所以我說不是這樣的。）

名為「菈琪旭・尼克思・瑟尼歐里斯」的少女本來就已經不存在了。在這裡的，只是破碎四散的「菈琪旭」人格，以及同樣七零八落的其他人格的碎片奇蹟似的組合起來後，拼成一幅不完善又不穩定的馬賽克畫罷了。

而且，這個少女心中盼望著費奧多爾也並非自然的發展。不過是費奧多爾對這名少女行使了墮鬼族特有的瞳力，卻發揮出失控的效力才會有這種結果。

正因如此，她的想法和正確的心靈運作完全無關。

他們兩人之間別說是愛情或友情了，連利害關係都算不上。

「畢竟，你是我最重要的朋友呀。」

所以他說別再這樣了。別用那番漂亮的說詞來粉飾這一切。

費奧多爾露出模稜兩可的笑容，把想要如此吶喊的心情強壓在笑容後面。

接受佶格魯的好意。

操縱菈琪旭的心靈。

本身已一無所有的費奧多爾，只能厚著臉皮借用他人的力量，否則便無法東山再起。

†

止痛藥的效果似乎退了。

腿傷引發的劇痛強制中斷費奧多爾的回想，意識被帶回飛空艇裡面。

「好痛，痛痛痛死了……」

這是他前陣子掉到萊耶爾市的地下時，被金屬支柱貫穿過去的傷口。雖然之後有經過治療，再花上十天靜養就能痊癒……但是，由於他又經歷了太過激烈的戰鬥等事，導致傷口徹底裂開，而且連全身肌肉都像是順便似的再度痠痛了起來。

當然，他再怎麼說也一度晉昇到四等武官之位，累積下來的戰鬥訓練足以對得起這個頭銜，也自認比一般人還要能夠忍受痛楚……儘管如此，難受時還是會難受，厭惡的事物還是會厭惡。

耳邊傳來敲門的聲響。

「睡了嗎？」

門外的人沒等他回應就轉動門把，將房門推開。

一名橙色頭髮的少女從門後探出頭來。

她看到站在窗邊的費奧多爾，便似乎很是遺憾地說了一句：

「哎呀，原來你醒著喔。」

「為什麼妳的口氣聽起來很遺憾？」

「因為我就是很遺憾嘛。要是你在睡覺的話，那麼我不就可以為所欲為了嗎？」

「那妳原本打算做什麼？」

「……你要女孩子自己說出口嗎？」

「妳原本究竟想要做什麼啦？」

少女一派輕鬆地嘻嘻笑了起來。

「開玩笑的啦，我哪有可能做出會被你討厭的事情啊。」

「誰曉得……」

費奧多爾嘀咕著，臉龐微微扭曲。痛楚的浪潮忽輕忽重地襲捲而來。就算他不想表現在臉上，卻也沒辦法一直繃緊神經。

「唉，真是的。好了，你別勉強自己，我有帶止痛藥過來。」

「……太感謝妳了。」

「再說，你為什麼還醒著呢？傷患就要乖乖睡覺。而且你的臉色有夠蒼白的，你自己看了都沒發現嗎？」

「啊哈哈。」

其實他最近盡可能都不照鏡子了。然而這句話他很難說出口。

所以他只是笑笑地糊弄過去。

「好啦，回床上躺好，我來照顧你。」

「不是啦，那個……還是不要吧，我這個人也是有一點骨氣的，不想在女孩子面前示弱……」

「駁回。」

他看到菈琪旭伸出白皙的手，結果在下一瞬間，他感覺自己飄起來了。只見菈琪旭抱起他，像是在搬什麼很輕的貨物似的直接把他抱到床上。

「菈琪旭小姐？」

「你那種裝腔作勢實在慘不忍睹，讓我看不下去。如果要講你那套道理的話，就再多鍛鍊一下演技吧。」

費奧多爾是墮鬼族。

所謂的墮鬼族並不是什麼良善的種族。他們一族全都喜歡動歪腦筋、說謊以及引誘其他種族走上墮落一途，並且也擅長此道。若追溯其血脈，據說他們是在眼下這塊大地上，由那支邪惡的人族分化而來。雖然這個說法本身真假不明，但他們確實是如此受到討厭，以致被說到這種地步。

和他們那種傢伙扯上關係絕沒好事，不能相信他們的話語和表情，這是在懸浮大陸群廣為人知的大眾論調。理應是這樣才對。

因此，要說那種不讓人看穿是在裝腔作勢的演技，對費奧多爾來說並不是多困難的一件事……理應是這樣才對。

「好了，乖乖躺好，還是你想要我用蠻力把你按倒？」

「我躺就是。」

費奧多爾將男人的尊嚴與墮鬼族的尊嚴都撕得粉碎，含淚遵從了菈琪旭的命令。

他在床上躺下，讓菈琪旭為他蓋上毛毯，接著把問他需不需要唱搖籃曲的菈琪旭趕出房間，然後閉上了雙眼。

「……唉。」

距離抵達目的地還有一小段時間。

換句話說，再多等一小段時間，這艘艇就會平安無事地抵達那個地方了。

五年前發生了一連串事件，現在被稱為「艾爾畢斯事變」。

那是直接導致費奧多爾的故鄉——艾爾畢斯集商國毀滅的原因。

是遭到〈穿鑿的第二獸(Aurora)〉與〈嘆月的最初之獸〉……兩種〈獸〉的猛烈攻勢，是滅國的源頭事件。而第一個並且是唯一深受其害的都市，卻依舊捱過了這些風風雨雨。

「雖然以前就想去那裡看看了，但沒想到會是在這種情況下啊……」

——與科里拿第爾契市的距離愈來愈近了。

3. 重逢

話說，緹亞忒·席巴·伊格納雷歐相當熱愛創作故事。

在六十八號懸浮島上，離妖精倉庫不是很遠的獸人部落裡也有一間老舊的小小映像晶館。小時候的緹亞忒好幾次死皮賴臉地央求倉庫的大人帶她去那裡。

映像晶石如同其名，是能夠擷取周遭景象保存下來的特殊石英（Quartz）。透過映像晶館的設備，封在其中的情景與故事就能顯現於眼前。出身形形色色種族的演員在世界某處演出五花八門的戲劇。其中有愛、夢想、希望、冒險。這些全都讓緹亞忒著迷得不得了。

大多數戲劇都選擇科里拿第爾契市作為故事的舞臺。所以就如同緹亞忒以前很憧憬那些故事一般，她也曾對科里拿第爾契市懷抱著強烈的嚮往。

然而，現在的緹亞忒對科里拿第爾契市有著五味雜陳的回憶。

搭乘飛空艇在天空移動時，緹亞忒一直在回想那些事，想到那場戰鬥、那次離別。

艾爾畢斯事變的第一個事件，科里拿第爾契市遭到〈獸〉肆虐的那一天，緹亞忒當時人就在那個城市裡，而且還揮舞伊格納雷歐，參加了第一次的戰鬥。在那次戰鬥中——她和她們所有妖精的「父親」，也就是威廉分開了。

「……唉。」

那是她小時候最喜歡的城市，始終抱著嚮往。

孩提時代的嚮往總有結束的一天。緹亞忒現在成長為成體妖精，在一定程度上懂得正視現實，所以已經無法像以前那樣天真無邪地對虛構故事感到興奮雀躍。等她降落在那個地方時，一定也只有悲傷的記憶會復甦，而不會像過去那般心情昂揚吧，她這麼想。

這個想法只維持到她走下飛空艇舷梯的那一刻。

「…………呼。」

看來曾經深植於靈魂中的嚮往雖然隨時間淡化了，卻也不會那麼簡單就消失。

「呼啊——！」

傍晚的十一號懸浮島。

緹亞忒走下飛空艇的舷梯，讓身體浸在一片熱鬧的環境中，而在把當地的空氣吸進胸懷的瞬間，她的心中就湧上一股難以抑制的感動。

科里拿第爾契市！

歷史匯集之地！蒼空的寶石箱！浪漫與傳說的大雜燴！

她傾盡全力壓抑住想叫喊出來的心情。

體內湧現源源不絕的興奮之情。感覺稍有不注意，隨時都會突破皮膚引發大爆炸。

「不對，不該這樣的。」

妳給我冷靜下來啊。她用手掌拍拍臉頰心想。

這裡可是有悲傷回憶的地方，不能感到喜悅，不然，嗯……該說很對不起威廉嗎——

『我不會說就算感到傷心也不能哭這種話。只不過，別把這個當作不笑的理由。』

——不知為何，突然之間。

她想到了這番話。

『傷心時可以笑，開心時也可以哭。無論何時都要盡全力地哭，盡全力地笑。這是小孩子的特權，也是義務喔——』

這是她以前看過的創作故事裡的臺詞。身為殺手的老人在接手養育殺害對象的孫女的過程中，不斷重複出現這番話。

這句話並非出自威廉口中，卻很像是他會說的那種話。在緹亞忒心中，威廉．克梅修就是那樣的人。面對年紀還小的黃金妖精，他幾乎沒有限制或強迫她們必須要怎樣才行。

所以如果他也在這裡，應該也會說出類似剛才的話語吧。她毫無疑問地如此肯定。

「……啊啊，真是的！」

她又笑又哭地抱著頭。到頭來，卻是這副模樣。她究竟該抱著什麼樣的心情踏上這個地方呢？

大都市每天都會有許多飛空艇進出。當然，來來去去的大多數都是觀光客、貨物和其他一些有的沒的。所謂的飛空艇，原則上只能停靠在設備完善的港灣區塊。因此，大都市的港灣區塊不分晝夜一直都是船滿為患的狀態。

——對了。

在差點壞掉的腦袋一隅，她想辦法運用勉強殘餘下來的理性碎片思考現實中的事情。

她必須在這裡與人碰面才行。

黃金妖精不被允許在只有她們自己的情況下擅自外出。按照規定，如果沒有尉官以上的護翼軍人員負責監督，她們是哪裡都不能去的。雖然實際上，這條規定並沒有受到多大的重視，但也不能堂而皇之地不當一回事。

載她過來的護翼軍巡航飛空艇在卸下貨物後，立刻就離開港灣了。

「我是聽說，這次的監督官會在這裡等候就是了……」

希望對方是個明事理的人。從以前到現在，緹亞忒所認識的監督官全都是不太會擺軍人架子的軍人。姑且不論人格善惡，起碼他們不會嚴格束縛她，也把她當作一個獨立人格來尊重。既然遇到的都是這樣的人，代表她到目前為止都相當幸運。至於今後，可未必都會如此幸運了。

她一邊想著，一邊張望四周。但是她並沒有看到可能是監督官的軍服。

「不好意思——！麻煩借過一下——！」

幾個獸人抱著感覺很重的木箱從緹亞忒眼前跑過去，順便刮起了一陣風，輕輕吹動她的瀏海。

一直呆站在這附近會給人造成麻煩，可是她又不能離開這裡太遠。就在她有點猶豫該怎麼辦時……

「緹——」

聲音愈來愈近。

「亞忒——！」

是從死角傳來的。

隨著這聲叫喊撲抱過來的雙臂，將緹亞忒的身體牢牢抱得死緊。

「嗯呀嗚？」

驚訝的尖叫與從肺中擠壓出來的空氣巧妙地相互混合，迸出一道怪異的聲音。

「搞什麼，原來真的是緹亞忒啊。怎麼一陣子沒見就長這麼大了，看看妳！」

對方抓著她前後搖啊搖的，她的視野模糊了起來。可以看到路上的人紛紛回頭好奇地打量過來。實在有夠難為情的。雖然很難為情，但現在比起這個……

「咦……」

她認得這個聲音。

這種強勢又臂力過人的動作也讓她感到非常熟悉。因為數年前在那個懷念的妖精倉庫中，幾乎每天都能見到這樣的景象。

「妳是娜芙德學姊？」

「對！」

世界突然停止搖晃，她就這樣被緊抱住全身。

她硬是扭動身體，好不容易才脫身。「呼啊」地喘口氣後，她回過頭，這才終於看到了那個人的模樣。

對方是外貌年約二十歲左右的女性，一頭朱紅色頭髮宛若紅楓，眸色則比髮色再深一點。她的身材修長——站直身體的緹亞忒和她差了一顆頭的高度，必須抬頭才能對到她的眼睛。

她想起了一個名字——娜芙德．卡羅．奧拉席翁。大概是兩三年前，接下護翼軍的特殊任務後，離開妖精倉庫的其中一個妖精學姊。

站在她眼前的這個人，看起來很像那個娜芙德。聲音聽起來也像娜芙德。而且，剛才叫她名字時，她本人也有答了聲「對」。

「咦，可是……？」

「嗯？」

她的腦袋本來就已經轉不太過來了，現在又見到出乎意料的臉龐，於是她的腦海中當然冒出了好幾個疑問。將這些疑問整理好後，她決定依序從最重要的問題問起。

「妳把頭髮留長了？」

「哦，果然都會注意到頭髮啊。我原本是覺得剪頭髮很麻煩，就一直放著不管啦，不過菈恩那傢伙老說很適合我，我就有一點認真地打算把頭髮留長了。」

不對，這不是最重要的問題吧。

「那妳又長高了？」

「就長高了一點點而已。妳才誇張吧，之前那個小不點竟然長成了一般好人家小姐的模樣。」

娜芙德壞心眼地竊笑。

緹亞忒覺得好像在哪裡看過這種笑法。

然後這個問題也一樣，很難說是最重要的問題。

「呃——」她靜下心來。「——為什麼妳會在這裡呢？」

沒錯，就是這個。

這才是現在最該先問的問題。第三次的挑戰終於成功了。

「嗯？怎麼，妳沒聽說嗎？」

「我什麼也沒聽說。突然間就被妳襲擊了。」

「哦，那還真是災難啊。」

這是製造災難的罪魁禍首該說的話嗎？

「我們也是前天從高度零地帶（Grand level）回來後，才突然得知的。所以呢，就從三十一號的港灣直接飛過來這裡了。」

高度零地帶，也就是說……

「妳們一直待在地表嗎？直到前天為止？」

地表。失落的樂園。受到〈十七獸〉支配的死與毀滅的大地。雖然無數遺失的上古智慧沉眠於此，但許多想要將其挖掘出來的人們，都要為自己的魯莽付出生命的代價……地表就是這樣的地方。而且，那裡同時也是威廉・克梅修的故鄉，以及珂朵莉・諾塔・瑟尼歐里斯的長眠之地。

「用不著這麼吃驚啦。我們的三等技官就是在做這種工作，這件事妳應該有從妮戈蘭那邊聽說過吧？」

妮戈蘭是奧爾蘭多商會派來的妖精倉庫管理員。身為食人鬼（Troll）族女性的她，對所有黃金妖精來說，是既像姊姊也像母親般的存在。

「這個我有聽說，沒記錯的話，三等技官是地表調查部隊的指揮監督官吧。可是不對啊，地表並不是可以輕輕鬆鬆來去自如的地方吧？」

「是啊，大概兩個月來回一次吧，習慣後就不會那麼吃力嘍。」

「我覺得那應該不是可以往返成習慣的地方啦……啊，是說技官先生！」

沒錯。和娜芙德重逢所受到的內心衝擊讓她差點忘了這件事，她現在必須和護翼軍的尉官碰面才行。

「對！」

娜芙德賊賊一笑，然後用下巴指了指自己背後。

「『對』妳個頭啦，不要擅自跑掉好嗎？之後要挨罵的人可是我耶——」

一個矮小的人影從娜芙德背後慢悠悠地出現。

那是穿著尉官用軍服的綠鬼族(Bogre)。記得他們是小鬼的一種，這支種族真要說的話，大多數人都屬於消極保守，有藝術家氣質的類型。

「——抱歉打斷妳們姊妹溫馨懷念的重逢啊，小姑娘妳就是緹亞忒嗎？」

「啊，是的……」

她沒見過這張臉，毫無疑問是第一次見面。

但是，她卻覺得她對這個人已經很熟悉了。

翻尋記憶，她應該很常在妖精倉庫聽到他的事情。比如說，他是個打撈好手，從地表帶回好幾把遺跡兵器；他是**發現**威廉，並將其介紹給妖精倉庫的當事人；他是珂朵莉學姊最後一戰的見證人之一；艾爾畢斯事變結束後，他受到護翼軍大力請求而加入麾下，成為調查地表的負責人；現在的娜芙德學姊實質上的工作是擔任這名綠鬼族的護衛。

記得他的名字是——

「我叫作葛力克・葛雷克拉可，請多指教啦。」

沒錯。他是出身灰鏽（Glay Crack）部落的葛力克。

「請……多指教。」

面對伸過來的深綠色的手，她帶著一絲猶疑輕輕握住。

摸起來很粗糙，這是熟練於某項技藝的手。

「呃，我叫作緹亞忒……緹亞忒・席巴・伊格納雷歐。娜芙德學姊一直以來都承蒙您照顧了。」

「哈哈！」

葛力克回過頭。

「搞什麼，妹妹反而還比較有禮貌嘛，看看妳？」

「少囉嗦啦！」

他們彼此笑得很開心。

「倉庫的大家都還好嗎？」

「呃……算是吧，就目前來說的話。」

「這樣啊，嗯，那就好。」

緹亞忒想起一件事。這個娜芙德學姊以前是遺跡兵器狄斯佩拉提歐的適任者，有過「娜芙德．凱伐．狄斯佩拉提歐」這個名字。但是，那把狄斯佩拉提歐在戰場上遺失，劍的名字也跟著從她的名字裡消失了。

在那之後過沒多久，她獲得再次調整的機會。過去身為娜芙德．凱伐．狄斯佩拉提歐的她，重新與遺跡兵器奧拉席翁契合，成為名叫娜芙德．卡羅．奧拉席翁的成體妖精兵……是這樣才對。

「學姊妳看起來也很有精神，是吧？」

「是啊，畢竟這是我唯一的優點嘛。」

娜芙德搔了搔頭，那頭長髮優雅地飄揚而起。

這是怎樣？緹亞忒這麼想著。以前像個男孩般剪了一頭率性短髮的娜芙德跑去哪裡了呢？是說，為什麼她的頭髮可以這麼飄逸？緹亞忒有自然捲，每天早上都要為睡亂的頭髮而苦，所以她覺得自己有燃起嫉妒之火的權利，究竟如何呢？

「怎麼了？」

「啊，不，沒事。」

緹亞忒總覺得有點尷尬，不禁移開了視線。

「該怎麼說呢，我真的很抱歉，明明比較年長，卻沒能在危難關頭幫上忙。」

「別這樣講……全都是我太沒用的緣故。」

難以釋懷尷尬的心情之下，她轉過臉去。

「沒有這回事啦！」

娜芙德從上方用力抓住她的頭。

「不管什麼時候妳都表現得很好，誰都不會責備妳的！」

緹亞忒的頭髮被大力撥亂了。

她有點生氣。娜芙德學姊離開妖精倉庫好幾年了，她又能了解緹亞忒·席巴·伊格納雷歐多少呢？

緹亞忒生氣，卻也感到些許開心。她對於如此單純的自己有點傻眼，振作一點好嗎？

從這裡走到科里拿第爾契市內的護翼軍司令本部有一段距離。

三人並肩走在路上。

沿途看到街上四處有著奇妙的東西。

是洞穴。

自古以來未曾改變的街景中，石板和牆壁上到處都被挖了巨大的洞穴。雖然所有洞穴姑且都有用新的石材和灰泥修繕堵上，但要成功恢復以往的美觀實在很困難。

「那是什麼造成的？」

緹亞忒問完後，娜芙德狀似難以啟齒地搔了搔頭。

「是〈穿鑿的第二獸〉造成的。五年前艾爾畢斯的人把那些傢伙大量釋放出來時，是妳們打倒的吧？」

「啊……嗯，雖然不是只有我們就是了。」

「說得也是，護翼軍的士兵也全力應戰了。如果說〈第二獸〉單純只有很強而已，那就沒什麼好怕的，就算拿一般火藥槍也能根據用法的不同而破壞掉它的形體。」

娜芙德說了「只不過」三個字後繼續說道：

「〈獸〉是**不懂死亡為何物**的存在。

將那些傢伙切碎燒光之後，被破壞掉形體的它們會附著在石板上，變成黑色的汙痕。

但這也並不是真正意義上的死亡。等過了一段時間，它們又會恢復原形動起來。」

長久以來，能有效對抗〈十七獸〉威脅的戰力只有遺跡兵器——以及使用它們的妖精兵而已。這不僅僅是因為強大的破壞力，而是透過概念與生命相反的魔力所給予的死亡，就連原本不懂死亡為何物的〈獸〉都無法忽視……據說是這樣推測的。

「那麼，該不會……」

緹亞忒倒抽了口氣。這意思即是……

「嗯，就是這麼一回事。有幾頭復活後，引發了巨大恐慌。雖然當時想方設法收拾了殘局，但要是再讓它們繼續復活就完蛋了，所以大家就把黑色汙痕連同石板和牆壁之類的，全部挖起來丟下地表。那時可是鬧得一片混亂啊。」

鬧得一片混亂。緹亞忒覺得這也難怪。

畢竟這個城市的居民對〈獸〉的威脅一無所知——撇除知識不談，他們完全沒親身經歷、感受過——就這樣生活著。突然置身在原本以為與自己扯不上關係的威脅之中，任誰都不可能保持得了平常心的。

「總覺得……街上人們看起來都很陰沉的樣子。」

緹亞忒把一直很在意的事情問出口。

「這也是從那一天開始的嗎？」

「不是，大概是兩年前吧。當時至天思想正開始流行，我猜八成是這個緣故。」

至天思想。

那是歷史悠久且大有來歷的危險思想，甚至與懸浮大陸群的沿革難以分割。

根據其內容所述，地表是汙穢的，與之相對的天空則是清淨的。離開地表的我們必須追求更高遠的目標，必須離開懸浮大陸群這塊大地，航向遙遠星空的彼方——如此云云。

用這種理由誘使人自盡（據稱是靈魂的解放）。

「原來……是這樣啊。」

對於抱有這種思考方式的人，緹亞忒無法理解他們的想法。人的生命本就有限，身在只被容許一定時間的處境當中，為什麼還要特地追求著毅然捨棄生命這種事情呢？

「聽了好令人失落啊。」

「就是啊。」

不過，再璀璨的事物都會有黯淡的一天。緹亞忒曾經嚮往的科里拿第爾契市也不會永遠保留著一如既往的榮景。僅僅是這個道理罷了。

「是叫作費奧多爾．傑斯曼嗎？就是小姑娘在追的那個人。」

葛力克看似有點興沖沖地改變了話題。

「他是墮鬼族？是艾爾畢斯國防空軍副團長的小舅子？加入護翼軍還爬到四等武官的位置？然後在那段期間精心準備了造反計畫，結果失敗逃走了？這個人的人生還真是充滿高潮起伏啊。」

「……那個人是可以這樣輕鬆談論的嗎？」

另一方面，娜芙德的眼神則銳利了起來，毫不掩飾自己的不悅。

「你們應該沒有忘記那些國防空軍在五年前幹了什麼吧？既然是他們的餘黨，又打算做相同的事情，這種敵人也不會是省油的燈。這才不是能笑著討論的話題咧，對吧？」

緹亞忒微微垂下頭，逃避娜芙德投射過來的視線。

「那個笨蛋雖然是那樣，但又和那樣有一點不同。」

「啊？」

「我沒辦法說得很清楚就是了。雖然他是壞人，但不是真的很壞。儘管他很危險，但我想他應該做不出什麼真的很危險的事情，唔嗯……」

「不行，我聽不太懂。」

她想也是。她也不知道自己究竟在說些什麼。

「雖然我不懂，不過呢，我大概知道他是哪種類型的傢伙了。真是的，竟然讓我看到了熟悉的表情。」

「……咦？」

「就是妳現在這種軟化的表情啊，緹亞忒。和那傢伙當時一模一樣。」

所謂的那傢伙，到底是指誰呢？緹亞忒心想。

於是她等了一下。然而，娜芙德就這樣一聲不吭，不解釋「那傢伙」的事情。

「但是，現在要追捕那個費奧多爾的話，狀況可有點麻煩啊。」

葛力克一邊搔搔鼻頭一邊咕噥著。

「我和娜芙德隸屬第二師團，小姑娘隸屬第五師團。對這裡來說妳現在算是外人。既然是以增援的形式來這裡應對這座城市發生的問題，妳就不太能任意亂跑。」

「麻煩死了，別管那種規矩不就行了？」

葛力克露出苦笑。

「別說這種話啦，我已經不年輕了，不能太過胡來。」

在居住於懸浮大陸群的所有種族之中，綠鬼族的壽命屬於比較短的那一類。十二歲左右就算成年，三十歲左右開始老化，四十歲左右準備迎接壽命的盡頭。

她不知道這個葛力克·葛雷克拉可的確切年齡，但既然他本人都這麼說了，就代表以綠鬼族的標準來看，他已經有一定的年紀了吧。

「哎，真受不了變得保守謹慎的老人啊。」

「隨妳愛怎麼扯都行啦。」

「……呃，不好意思，那個，這座城市發生的問題是指什麼呢？」

看著那兩人爭吵——雖然也滿像是在拌嘴打趣的——緹亞忒戰戰兢兢地插嘴問道。

「其實我沒聽說詳細狀況，我只知道這裡發生的麻煩可以藉機安插人手而已。」

「哦，嗯，說到這個嘛。」

「啊，抱歉，我一時沒想到。」緹亞忒低頭道歉。「這種事情不能在大街上談論吧，那就等我們抵達司令本部後再說好了……」

葛力克稍作思忖後，壓低嗓子。

「最近連續發生了四起護翼軍要員遭到暗殺的事件。」

「……咦？」

「娜芙德妳也聽著。我們最好在抵達本部之前說完這件事。」

「啊？」

巴洛尼．馬基希這混帳，想必已經料到我會這樣做了——葛力克一邊嘀咕著類似抱怨的話語，一邊向兩人招了招手。娜芙德和緹亞忒互看一眼，就將耳朵貼到綠鬼族嘴邊。

「所有遭到殺害的，都是負責調整妳們妖精的相關人員。」

「——什嗚？」

眼見娜芙德就要驚叫出聲，緹亞忒連忙摀住了她的嘴巴。

黃金妖精是以幼體的形態出現在世上。幼體有所成長後，就會在經過特殊的調整之下轉為成體，以妖精兵的身分持遺跡兵器參與戰鬥。

身為成體妖精兵的緹亞忒當然也接受過一次所謂的調整。然而，具體內容她記不太清楚……她被脫光了衣服，然後有注射幾次藥劑，但藥劑裡面似乎混合了帶有睡眠和麻醉效果的藥物，所以在調整過程當中，她大部分時間都是處於半睡半醒的狀態。就算詢問執行調整的醫生，對方也只會說「這是機密」而不肯透露。

直到最近她才明白了一件事。

以幼體的形態出現在這世上的黃金妖精，原本是會直接以幼體的形態從世上溶解消失的。但是，接受過調整的妖精能夠扭轉這樣的命運。她們會被允許以「成體」的形式存在，壽命隨之延長。反過來說，若是沒有接受調整的話，幼年妖精就會依循妖精的正軌，在長大成人之前殞命。

此外，最近也發生了一個問題。

出於各種原由，現在的護翼軍高層打算審慎運用黃金妖精這種兵器。因為這樣，目前保管在妖精倉庫的幼體妖精兵都無法接受調整。

只要冷靜一想，就能明白這樣的狀況是暫時性的。對護翼軍而言，拋棄黃金妖精這種兵器幾乎沒有好處。

成體妖精兵就像是一顆難以處置的炸彈。在無用武之地的情況下，讓好幾名成體妖精兵同時存在會有極大的風險，而且也要付出極高的成本。所以停止調整的用意，恐怕就是為了把風險和成本降到最低，而必須抑制同時存在的成體妖精兵數量。既然如此，今後就有充分的可能性會再度開始對幼體進行調整。

比如說，幾個現在的成體妖精兵死掉，使數量減少；或者，證明即使是身為炸彈的成體妖精兵，在現今的戰場上也會是效率極佳的兵器。如此一來，也許就能給予那些在倉庫準備迎接毀滅之日到來的學妹，一個名為成體化的未來。

對，緹亞忒‧席巴‧伊格納雷歐、菈琪旭‧尼克思‧瑟尼歐里斯、潘麗寶‧諾可‧卡黛娜和可蓉‧琳‧布爾加特里歐，她們四人就是抱著這樣的想法，自願被派到那座三十八號懸浮島的——

「是……誰……」

剛才那一瞬間，她感到口乾舌燥。

「是誰，又為什麼要做這種事呢？」

「不考慮太多因素的話，應該就是有某個人想把『妖精兵』這個系統破壞到無法復原的地步吧。畢竟關於調整妖精兵的技術，就算在相關人員之中，似乎也只有少數幾人才知道具體細節。只要殺光那少數幾人，又成功摧毀失效自趨安全機制的話，就能輕鬆斷絕這個系統。不過，真相目前還藏在黑暗當中。」

「為什麼？」

「誰曉得呢，以現狀來說，情資不夠充分，什麼都不好說。而且，既然被盯上的傢伙都跟護翼軍機密有關，就代表敵人極有可能在某種程度上掌握住了內部的情資。所以呢，司令部裡的人現在都有一點神經緊張。」

「……唉。」

娜芙德發出厭煩的聲音。

「受不了耶，為什麼每一個人都這麼愛耍陰謀和玩詭計啊。」

「就是說啊，人就該活得單純一點，小姑娘妳說是吧？」

「是吧？」

緹亞忒當下「哈哈哈」地笑了笑蒙混過去。剛才這段對話真想讓費奧多爾聽聽看。

「反正就是這麼一回事。不知是幸還是不幸，我們現在已經鎖定了可能是下一個會被盯上的目標。是說，那傢伙妳們也很熟。」

頓了一拍後，葛力克故作莊重似的說出對方的名字。

「他就是——穆罕默達利．布隆頓博士。」

緹亞忒眨了一下眼睛。

她在記憶中翻找看看，但沒有找到名字，也找不到對應的長相。

呃……

「他是誰？」

她和娜芙德異口同聲地問道。

4. 穿黑色西裝的少年

科里拿第爾契市。

這是在十一號懸浮島上最繁榮，放眼整個懸浮大陸群也是數一數二歷史悠久的古都。為數眾多的詩人讚頌著它的美麗、它的豐饒、它的榮光。許多劇作家也選擇此地作為舞臺，描寫愛、悲傷、榮譽以及愚昧。

真要說的話，費奧多爾對於審美意識這一類的東西很陌生，但說到愛情這種東西有多強大，有多匪夷所思，他覺得自己相當了解。誰都會為愛而生，為愛而死，既能為愛達成超乎想像的成果，也能為愛犯下傻眼至極的失敗。看到科里拿第爾契市可以聲名遠播，並且持續受到許多人的喜愛，對於以魅惑人心為業的墮鬼族來說，甚至會懷抱著一種類似敬意的心情。但是……

「——和想像中的不太一樣啊。」

他低聲吐出了真實的感想。

石造街景在整體上都是採用明亮的色調。

彷彿是將作工細緻的工藝盒子陳列出來一般，這幅溫馨的景象甚至讓人感覺很可愛。

想必數百年來的歲月都是在這些街景背後流逝而過的，與其說是從外觀來感受這種深厚的歷史底蘊，不如說可以用肌膚去體會。

可以想像這座城市以前有多美麗。

可以想像這座城市以前有多受喜愛。

當然，把這兩句話改成現在也沒有錯。然而，相較於這座城市以往的美麗，以及這座城市**過去**被愛的方式，此刻在他眼前的科里拿第爾契市，兩者皆明顯遜於往日。

至於他會這麼想的原因，恐怕是——

「你在想事情嗎？」

「……啊，沒什麼。」

一句問話讓費奧多爾回過神來。

雖然他沒有深入思索的意思，但好像還是稍微出了神。他有點慌張地移動眼球左右看了看，瞬間就確認完現狀了。現在是科里拿第爾契市的正午過後，他和菈琪旭正並肩走在略為狹窄的小巷內。

這座城市占地遼闊，但並非全是觀光景點。只要離開人多的區塊，就是一片清靜的住宅區。這一帶的情況與萊耶爾市沒有什麼差別。本來在這座城市當中，應該連住宅區都會因為擁有數百年的歷史，而自帶一股神祕的威嚴感才對。

「我在想，至天思想的海報怎麼好像有點多。」

「哦，你說這個啊。看了確實很不舒服。」

他用目光巡視一遍大肆貼滿整面巷弄牆壁的舊海報。這種思想並不認同這個世界的存在方式，欲求以虛無與死亡來救濟一切。即使是費奧多爾也無法理解或對這種怪思想產生共鳴。他只覺得不過是一群無法正視生存這件事的傢伙，編一堆藉口試圖逃避一切罷了。

當然，就算海報數量再多，也不代表這座城裡的所有居民都會受到這種思想影響。只有極少數的傢伙會喧嘩鬧事。然而，一想到這座城市已經有容納那種聲音的一席之地，心中還是會充滿惋惜。

「好好的景致都被糟蹋掉，可惜了乾淨的牆壁。既然要貼得這麼密，那就應該要再多思考一下如何排版才對啊。」

「咦？妳說的不舒服是指這部分？」

「還能有其他原因嗎？」

她用愣愣的表情問道。

「……沒事，算了，嗯。別說這個了，前面怎麼樣？」

「沒問題，前進方向沒出現可疑的人影……話說，會不會是我們比較引人注目啊？」

這麼說著，菈琪旭當下轉了一圈。

她現在當然不是穿著那套簡式軍服。在佶格魯的安排下，當地商人準備了一套服裝讓她換上。她的打扮讓人分不出性別，活脫脫像個當地少年一般樸素。姑且不論居民本身都快跑光的萊耶爾市，在科里拿第爾契市這座大都市中，這身裝扮還算是可以融入環境。

「妳穿這樣很好看喔。」

「謝謝，我就當作客套話接受了。」

她爽快地答道。

「至於你的打扮，嗯，非常適合你喔，適合到有一點不可思議呢。」

聽她這麼說，費奧多爾低頭看了自己的打扮。他穿著黑色西裝和同色系大衣，搭配一頂黑色帽子，甚至還戴著一副顏色較深的眼鏡。就是一身會讓人覺得「到底有多喜歡黑色啊？」的打扮。說得直白一點，就像是流氓的小弟。

「這是……客套話吧？」

「不是，我是說真的，你非常適合這樣穿喔……總覺得，有點像剛學壞的有錢人家少爺，好可愛。」

什麼鬼形容？

「妳是在稱讚我嗎？」

「我是在稱讚你啊。」

菈琪旭說著說著還嘻嘻竊笑了起來，他聽了也沒辦法感到高興。

說起來，費奧多爾（雖然距離失去家園已經過了很長一段時間）本來就是真正的有錢人家少爺。而且，儘管算不上剛學會，但他確實沾染過壞事。因此，這個比喻實在不是很中聽。

「我說，費奧多爾你不是眼神有一點凶惡嗎？不知道該說你是那種其實很單純，卻因為外表而遭到誤會的類型，還是該說你自己也很積極在散播那樣的誤解。所以呢，你很適合走這種簡單易懂的『小壞蛋風』。」

「妳這不是在稱讚我吧？」

「我是在稱讚你喔。」

說完——雖然費奧多爾並不是厭煩了這種沒營養的對話，但不管怎樣，他還是重新轉向前方。他們就快抵達目的地了。

「好了，但願可以順利潛進去。」

「要進去的話，從正門按鈴不就好了嗎？」

「因為他不在啊。根據對象——穆罕默達利．布隆頓博士平時的行程安排，他要到深夜才會從工作的地方回來。」

應該說，他本來就是刻意挑這種時間，在太陽完全下山之前來到這裡的。要是對方在家的話反而傷腦筋。

「畢竟這次是來要求對象提供長期協助的，我不想要像現在這樣兩手空空地去見當事人。」

「意思是你想要可以拿來威脅他的把柄？」

「我不否認，但不完全是這樣。」

費奧多爾在巷子出口前停下了腳步。

他的背緊靠著牆壁，窺視前方。沒有看到居民的身影。

不僅是服裝的問題，他們在這裡無庸置疑是相當醒目的存在。他希望盡可能避開別人的耳目前進。

「委託外面的專家工作時，自己打算委託對方什麼事情，而對方會如何理解委託內容，以及實際上是要對方做什麼樣的工作，事前就必須要對以上這幾點有最起碼的理解才行。這可是指揮官的鐵則。」

「……什麼？」

「特別是這一次，我們未必能建立起友好的關係。對方可能表面上願意幫忙，卻在暗中圖謀背叛我們。想要看穿這一點的話，就必須對他舉手投足所代表的意義都有最低限度的掌握。甚至為了抑制這件事發生，我們不能讓對方看出我們掌握到了什麼，又掌握了多少。也就是說，多藏一點交涉的籌碼是必要的。」

「…………太難了，我聽不懂。」

菈琪旭歪起頭。

「換句話說，你是想在把對方挖角過來之前，先故弄玄虛一番，假裝自己是一個精明能幹的上司嗎？」

「呃……嗯，是啊，就是這樣。」

費奧多爾含糊地點點頭。

感覺她說的大致上沒有錯。但是，好像有一些意思上的微小差異被忽略了，或者應該說，聽起來不是那麼有模有樣了，讓他感到些許失落。

這一帶的街區非常巨大。

這句話沒有誇大的成分，而是單純陳述事實。在費奧多爾他們現在行走的這一塊地區中，幾乎所有構成街區的部分都做得比其他地方還要巨大。從建築物、窗框、門扉、街燈、鋪路石、鐵柵欄，以至於路邊的垃圾箱都是如此。大概只有行道樹之類的算是例外，也許單純是因為找不到那麼巨大的種類吧。

「好大的街區啊。」

菈琪旭喃喃地說出對於這個街區的感想。

「感覺真不可思議，簡直像是走進了童話故事裡一樣。」

「這句話由妖精來說就更有說服力了。」

這裡是專門打造給體型巨大的各種族居住的區塊。

科里拿第爾契市裡住著形形色色的種族，所以建造街區時，也必須考量到其他不同的種族才行。

光就文化衝突來說，就是一個很難克服的議題。不管怎麼修改法律，不管怎麼促進彼此的理解，要讓「不同的存在」融合在一起始終都會伴隨著困難。更別說是體型差異所引發的問題，無論如何都沒有辦法從根本解決。就算要一個巨鬼族(Titanic)成人拚命彎下身體，也鑽不進朱鬼族的家門。

因此，是依照各種族……應該說，是依照大致上的體型及居住偏好，從物理上劃分區塊。有翼諸族住在通風良好的高處；魚面諸族住在人工湖的湖畔或湖底；矮小的種族住在任何東西都做得比較小的地方；相反地，高大的種族則聚集在任何東西都做得比較大的居住區。

最後提到的居住區，就是費奧多爾他們現在的這個地方。

「被擺了一道。」

一走進屋子，費奧多爾就嘖了一聲。

屋內凌亂不堪。

書櫃上的物品全被丟在地上，桌子的位置很奇怪，地毯也有被亂掀的痕跡，更不用說整個衣櫃連同裡面的東西都翻倒在地。

「這代表有人先來過了嗎？」

這棟屋子是蓋在巨大種族的居住區塊內，當然本身的大小也不會輸給街景。天花板很高，牆壁隔得很遠，椅子高到必須用爬的才坐得上去，桌子更是擺在比費奧多爾的眼睛還要高的地方。他也不禁感到懷念，或許小時候所看到的世界就是長這樣的吧。

「真過分啊，散亂成這副模樣，整理起來可是很費工夫的耶。」

菈琪旭快步巡視了幾個房間——連走廊也又寬又長，照一般的速度走要花上許多時間——之後，搖了搖頭。

「每個房間都是差不多的情況。」

費奧多爾思忖了一下。

「有房間是完好的嗎？是怎麼個亂法？」

「就我所看到的每一間都是類似的感覺，但看起來不像在翻找值錢的東西就是了。」

「有屋主抵抗的痕跡嗎？」

「完全沒有。」

「怎麼辦？要先回去嗎？」

「不。」

費奧多爾先是搖搖頭，然後重新戴上薄手套，打算撿起掉在地上的一本書……但是，書實在太大太重了，他只好放棄。他就這樣讓書躺在地板上，快速地翻閱了一下。這是簡單家常菜的食譜，全羊料理全輯。

「這本書很特別嗎？」

「不，只是一般市售書。」

他檢查另一本書，發現是古代童話(Fairy Tale)故事選集。他立刻翻下一本書，裡面在介紹提供美味桶裝酒的店家。再翻下一本，然後抓著精裝小說（由於尺寸巨大而格外地重）說道：

「果然是這樣。」

他想通後，轉而從厚厚的地毯上撿起支離破碎的時鐘殘骸，從各種角度窺視裡面後，肯定了自己心中的猜測。

「可是，這樣一來的話，難道……真傷腦筋，我沒想到情況會這麼糟。」

這時，他的衣襬被拉住。

「……等一下，你別自顧自地露出想通的表情，跟我解釋一下啦，你知道什麼了？」

他有點猶豫。目前為止所收集到的情資和推測都還無法構成一個完整的形狀，只能依稀看到整體的輪廓而已。

儘管如此，既然她都問了，他多少還是該回答一下才是。

「第一，先來的人並不是為了破壞或搶錢，這個自然不言而喻；再來，對方並不是一個人，恐怕是五到十人左右的集團，搞不好是具有相當水準的犯罪組織成員；而且，對方的體型和住在這個家或附近的巨鬼族不同，而是和我們差不多。他們要找的東西大概就紙條大小左右，是很簡單明瞭的東西，並且有相當高的機率已經找到了，不然就是有相互競爭的敵對組織，他們不想與之起衝突。」

菈琪旭一邊應聲點頭一邊聽著，然而……

「……為什麼你會知道呢？」

她拋出一個算是很理所當然的疑問。

這自然是說來話長。費奧多爾想要簡潔地說明，於是稍微想了想。

「關於人數的部分，是因為翻找房間的方式參差不齊，有的受過搜索民宅的訓練，有的則沒有。不過所有人在破壞東西時都盡量避免發出太大的聲音。妳看，雖然屋內到處都被破壞得亂七八糟，地板和牆上卻沒有傷痕，被破壞的殘骸也都是被丟在幾乎不會發出聲音的地毯上。所以我可以推測，儘管每個人的受訓程度不盡相同，但整體來說是有一定秩序的集團。至於對體型的猜測，單純是因為他們丟東西的距離都在我們觸手可及的範圍。換作是巨鬼那種尺寸來翻箱倒櫃的話，波及到的空間應該會再大一點。另外就是……」

他的目光落在腳邊散亂一地的書籍類上。

「這些書的類型相差很遠，明明內容毫無一致性，卻都有被大略檢查過的痕跡。而且書皮很厚的書籍甚至還被割開來看過。也就是說，那個神祕集團的目標是某種可以夾在書頁之間的東西。從他們調查其他地方的方式也能導出大致相同的結論，像是地毯被掀起來，時鐘也被破壞到足以清楚看見空心部分的程度。」

他暫且先說明到這裡。

「要簡略地說明就大概是這樣，妳有聽懂——」

他察覺到一件事。

他在不知不覺間說明得太起勁了。

他一邊整理腦中亂成一團的思緒，一邊綿延不斷地將想法陳述出來。聽的那一方應該都會很受不了，所以他平常都會有所克制。然而，一旦興致來了實在擋不住。

她該不會感到傻眼了吧？

費奧多爾戰戰兢兢地轉頭看菈琪旭。

「——呃？」

她臉上的表情該怎麼解讀才好？驚愕和困惑這些他看得出來，也跟他預料的差不多。

但是，除此之外，還能看到的是……

「真不愧是你啊。」

「咦？」

該說是信賴嗎？可是，怎麼可能？

「你完全夠資格說自己擅長陰謀詭計啊。不管是觀察力也好，分析力也好，洞察力也好，都比我想像中還要強太多了。」

「咦？啊，是嗎？」

她的反應出乎他的意料之外。

他覺得這種沉浸在自己的世界滔滔不絕的行為，不會帶給人什麼好印象。

比如說，緹亞忒就會皺眉說「好噁心」；潘麗寶會說「很有你的風格啊」，然後微微一笑；可蓉會說「抱歉，我沒在聽」然後大笑；至於以前的菈琪旭則會說「不不不不好意思，雖然我聽不懂，但我覺得很厲害喔」。儘管是在幫他講話，卻也沒真的幫到什麼——

「然後接下來呢？你還沒講完吧？剛才不是還說對方可能找到要的東西了，或是在躲避跟相互競爭的敵對組織發生衝突之類的。」

「哦。」

他再次回神，重新道出原本已經縮回心中的想法。

「這部分很簡單，因為這裡沒有人在。能夠想到的情況有兩種，一個是他們順利達成目的而離開，另一個是受到阻撓沒能達成目的而逃走。我覺得正確解答恐怕是前者，若是後者的話，那個『阻撓』可能是……」

他說到一半就打住了。

「——是那些傢伙？」

菈琪旭問道。

「沒錯。真是的，這種時間點不知該說巧還是不巧。」

他抬頭看了看高得要命的天花板，然後背靠著牆，從窗簾縫隙間窺視外頭的情況。可以看到可疑的人影時隱時現地在遮蔽處之間移動。

「有十個人……不對，應該更多吧。他們一直不攻進來呢。」

「把繞到後頭的也算進來的話，總共有十六人吧。想必他們是打算包圍這棟屋子。布陣方式跟武官的市街戰教則裡的很類似。他們恐怕是料想這棟屋子裡有數量眾多的賊人而展開行動的。」

「數量眾多？」

菈琪旭的耳朵抖了一下。

「我們只有兩個人而已耶。」

「是啊。」

也就是說，事情是這樣的。

現在外面那些人，把只不過是正好在場的他們倆，當作是剛才在這棟屋子裡翻箱倒櫃的那群傢伙了。

實在是有夠倒楣的。他們兩人一同嘆了氣。

「好好溝通的話，有辦法解開誤會嗎？就說我們只是路過而已。」

「這個點子很棒喔，等世界充滿愛與和平後，一定要試試看。」

換句話說，就是這個點子永遠都不會被採用。

「那要抗戰嗎？有三分鐘的話，應該足夠我殲滅掉對方。」

赤手空拳的菈琪旭活動了一下肩膀。

瑟尼歐里斯又大又重，她並沒有帶到這裡來。因此，現在的菈琪旭能發揮出的戰力非常有限；但在這種情況下，她剛才那番話應該也沒有虛假、樂觀和逞強的成分在。催發所有魔力的成體妖精一旦爆發，區區十六個專業好手組成的集團根本構不成任何威脅。這是事實。

然而……

「不能這麼做，他們大概是護翼軍。」

費奧多爾一邊窺視窗簾縫隙，一邊制止菈琪旭。

「要是妳用了魔力，我和妳的身分就會完全暴露。我不想在還沒能正式開始行動之前就被發現自己的意圖。」

「意思是，你要我置所有人於死地，沒錯吧？」

「我可是比較喜歡那個溫柔且尊重生命的妳喔！」

菈琪旭回了句「開玩笑的啦」，但不知道這句話的可信度有多少。

「既然這樣，就只能用一般方式進行突破了吧，你有辦法跟上我嗎？」

「當然可以。」

兩人就這樣面向窗外，只互換了一個眼神表示明白。

接著，他們拉低帽子，用圍巾蒙住嘴巴，多多少少把臉遮起來。

「話說回來，那個穆罕默達利博士還真是受歡迎啊。」

「就是說啊，看來還要再思考一下該如何接近他才好。」

他們一邊說著玩笑話，一邊計算時機。

「一、二……」

菈琪旭緊盯窗外，嘴裡數著數字。費奧多爾看著她的側臉，忽然想到了緹亞忒。不知道那個笨蛋現在在哪裡做什麼。是不是又一個人待在三十八號懸浮島那個廢棄劇場的上面，獨自遙望遠方的天空。

好吃的麵包店幾乎都關門大吉，擅長下廚的菈琪旭也已經不在她身邊，再也沒有人會炸美味甜甜圈給她吃了。既然如此，她應該什麼也沒吃，也沒跟任何人說話，只是呆坐在那個地方吧。

就如同他們兩人第一次相遇時一樣。

「三！」

他的追憶只有一瞬間，現實的時間毫不留情地流逝。

窗戶大大敞開，費奧多爾和菈琪旭跳到了大街上。

5. 在暗處的兩人

話說，這裡有個男人。

名為穆罕默達利．布隆頓。

他自稱是一個「大罪人」。

懸浮大陸群居住著形形色色的種族。幾乎所有種族都不只是跟同族的人建立固定的部落——儘管懷抱各式各樣的課題，也會引發問題，大家都還是混雜而居，組成都市與村莊等等。

然而，雖說只有一部分，但還是有些種族本來就很難跟其他外族生活在一起。在土壤裡築巢的蟻人(Myrmex)族或水棲的魚面族自然不必說；像是位居有翼諸族頂點，並且也屬於統治階級的貴翼(Cygne)族，就會拿文化與傳統等當作理由，拒絕跟其他種族交流。

這間酒館就位在那些「特定種族的專屬街區」的邊緣地帶。

太陽早已西沉，馬上就要打烊了。雖然這間店本來就算不上生意興隆，但也理所當然地，到這個時間客人會變得更少。只剩下一名男性常客坐在吧檯一角，靜靜地拿著玻璃杯喝著。

喀啷一聲輕響，門被打開了。

正在擦拭玻璃杯的老闆抬起頭，看向新進來的客人。

「不好意思，現在差不多要打烊——」

「終於找到了。」

是女性的聲音。

男性常客緩緩抬頭，往門邊看過去。只見站在那裡的是一名嬌小的女子，外表和聲音所帶給人的感覺相當一致。

男人原本臉上的表情就像是個筋疲力盡的老人，現在卻慢慢地染上訝異之色。

「……為什麼妳會在這裡？」

女子垂眸，微微搖了搖頭。

「我有事情要拜託你。」

「不行。」

他一句話就拒絕了。

「我什麼都還沒說耶。」

「妳不說我也知道，我很了解妳——最起碼我知道妳這位女士現在這個時候會想要什麼東西。」

「既然這樣……」

「正因為是這樣！」

他再次打斷女子的話，語氣中蘊含著不容她把話說完的強烈意志。

「正因為是這樣，我才會說不行。那種事情不僅很危險，也不被容許，再說那本來就是無限趨近不可能的事情。」

「可是……」

「沒有可是。這件事就此打住，不必再談。」

一陣短暫的沉默。

「事到如今，我已經沒有愛惜自己的資格了。」

「那是妳擅自找的藉口。每個人都有珍惜自身性命的權利，不是任何人想要都能奪走的。」

男人平靜地插口說道，女子則不為所動地繼續說：

「都走到這一步了，我沒打算要取得任何人的諒解。不對，要是停在這一步的話，連我都無法原諒自己。」

「妳對自己可以再稍微寬容些，就像周遭的人認同並寬恕妳那樣。」

「唯有這句話，是我不想從你口中聽到的。」

女子不耐煩地搖了搖頭。

「所謂的趨近不可能，在我看來反而是個好消息，畢竟你本人並沒有親口說出不可能這三個字。」

唉。男人一臉絕望地仰望天花板。唉，真是不得了。這個女孩子，這位高潔的女士，她的愛實在太深切了。過深的愛會焚燬自身，這一點她是非常清楚的，卻義無反顧地打算引火自焚。

「妳啊……」

他幾經猶豫，決定出言制止她，卻還沒出說口便驀然吞了回去。

他可以聽到從女子的背後，也就是巷子深處傳來正在靠近的腳步聲。那並非只有一兩個人，而是超過十人各自踩著不一的步伐快速走來。

女子回過頭——但腳步聲的主人稍微快她一步，從黑暗的另一端現身了。他們穿著統一的深灰色大衣，手上拿著長管火藥槍。所有人都一語不發地穿過門口走進店裡。

「你們幹什麼？」

女子揚起混雜著困惑與憤怒的聲音。然而，闖入者無視她的存在，直接將坐在吧檯角落的男人包圍了起來。

「你是穆罕默達利．布隆頓博士吧？」

其中一名矮小的爬蟲族（Reptrace）用尖啞的嗓音問道。

「這家店馬上就要打烊了，你們要想大夥兒一塊喝酒的話，還是去找別家店吧。」

「你是穆罕默達利．布隆頓博士吧？」

爬蟲族完全不配合男人的玩笑話，再次如此問道。

十一個人靜靜地架起十一把火藥槍，只見十一個槍口對準了男人。

「……哎呀，我又不是什麼知名人物，也不記得自己有到處發名片給你們這樣的人種啊。」

男人露出狀似疲倦的苦笑。闖入者大概把他的回答當作是承認了吧，他們互相點了點頭，然後擺正姿勢，將男人包圍得更緊密了些。

槍口抵上了男人的背部。

女子倒抽了一口氣。

「請你跟我們走一趟。」

「拒絕……也沒用吧？」

男人一口氣喝光玻璃杯裡的液體，妥協似的從凳子上站起來。

他踏著慢吞吞的腳步開始移動，彷彿有行走困難一般。

走到門口，他停住了步伐。女子微微垂著頭擋在那裡。

「……學長，你要去哪裡？」

「除了這裡以外的地方啊，至少不能拖妳和這家店下水。」

「這些人……」她頓了一下。「**護翼軍**接下來打算做什麼？」

「這不能說啊，妳了解的吧？應該說，妳要了解才是。」

又有另一把槍戳了戳男人的屁股，於是他有氣無力地回：「我知道啦。」

「——我不要。」

他驀然驚覺，便抬起頭。

眼神直勾勾地看著這個雙肩無力顫抖的女人。

「不行，妳不可以那麼做，快打消念頭。」

他狀似慌張地不斷出言制止她。

闖入者的臉上浮現疑惑之色，不解他為何會如此。

「妳還來得及，未來依然是不可限量的。但是，如果妳做了那種事，連妳都會來到我們這邊。這是一條不歸路，永遠也翻不了身的！」

一個槍口指向了女子。

其餘槍口稍微遲疑了一下，同樣瞄準了女子。

女子緩緩抬起低垂著的臉龐。

「……所以，你的意思就是說，只要我走到那個再也回不了頭的地方，學長你就願意聽我說話，不會當作耳邊風了吧——」

「不可！」

男人的喊叫聲已然無法傳進女子耳中。

「妳……唯獨妳一人，是不能跟這群傢伙為敵的啊！」

6. 護翼軍第一師團

穆罕默達利．布隆頓博士。

種族為單眼鬼（Cyclops），職業為醫師，也是研究員。

醫學、語言學、天文學、物理學、工學、史學、經營學、神祕學……他幾十年來一再進入學術院就讀並且畢業，是在各種領域皆有所鑽研的傑出人才。單眼鬼是相當長壽的一族，將漫長的人生投注在學問中的人也並不罕見。話雖如此，像他那樣毫不節制地涉獵各種領域的人就不多了。

他姑且算是隸屬於科里拿第爾契市的綜合施療院，負責指揮各式各樣的藥劑開發和治療法研究；他也是研究黃金妖精的生態與成體化調整技術的專案負責人，至今已數十年；此外他曾因業務上之需要，而被賦予過二等咒器技官的身分，雖然已經是數十年前的事情了。

亦即，他就是調整過現在所有成體妖精兵的單眼鬼醫師本人。

「哦！哦哦！原來是他啊！那個魁梧的大叔！」

娜芙德連連點了點頭。

緹亞忒當然也記得這號人物。那是穿著特大號床單般白衣的單眼巨漢。在進行調整前問診時，也由於她比較嬌小，所以他必須像貓一樣弓起背部才能對上彼此的視線，這件事她印象很深刻。

「原來如此……他叫這個名字啊……」

緹亞忒喃喃地這麼說道。事到如今，她再次意識到「人都會有名字」這個理所當然的道理。

「他也是妮戈蘭求學時代頗受其照顧的學長。雖然不知道對那個穆罕默達利博士而言，那是第幾次念書時的事情就是了。」

「哦？」

聽完這些，她們還是不太懂。

「所以呢？那個大叔是下次被暗殺的對象嗎？」

「就是這樣。」

一陣短暫的沉默。

「哪可能做得到啊？」

緹亞忒也同意。她不發一語地默默點頭。

單眼鬼相當龐大，也有著與體型相稱的重量。而且，蘊含在他們身體中的生命力強到足以與食人鬼抗衡。

一般刀刃刺進不了他們的身體，也沒聽說過毒藥對他們有效，就算被火藥槍擊中，八成也不會造成多大的傷害吧。把真正意義上不死的〈獸〉撇除不談的話，他們應該是懸浮大陸群最難殺害的生命之一。

「這個嘛，誰知道呢。要是對方願意因為『哪可能做得到啊？』就放棄的話，那事情可就簡單多了。」

在街上走著走著。

幾個回憶一點一滴地在緹亞忒心中復甦。

第一次在這條大街上行走時，是和威廉一起。她說了很多任性的話，而那個人雖然因為拿她沒辦法而感到傻眼，但總覺得他還是一臉愉快地配合她任性的要求。

第二次來這裡時，是大家一起來的。當時菈琪旭也在，儘管她看起來很文靜，卻比緹亞忒第一次來時還要更加亢奮。緹亞忒被她拖來拖去，折騰來折騰去，搞得狼狽不堪，但那是非常快樂的回憶。

——啊啊，為什麼呢？

她從小就透過映像晶石看著這個地方。關於哪條路上拍過什麼樣的連續劇，她全部都默背起來了。但是，走在路上所回想起來的情景，並不是隔著晶石看到的劇情，而是她自己和其他人一起在這個地方跑跑跳跳的回憶。

一行人穿過護翼軍司令部的正門。

「……嗯？」

裡頭瀰漫著一股微妙的氣氛。

和所謂開戰狀態的那種緊張感不太一樣。沒有人大聲叫喊，也沒有人四處跑動。只不過，來來往往的士兵都散發出一種戰戰兢兢的怪異緊張感。

「雖然我很少來這裡，」緹亞忒張望著四周說：「不過，這裡的氣氛是這樣的嗎？好像變了滿多的樣子……」

「畢竟現在使用這裡的是第一師團嘛，比起灰岩皮老兄的第二師團在的時候，當然不太一樣啦。」

據說即使在護翼軍當中，第一師團的編制目的也是在於調停懸浮島之間超過限度的紛爭。因此，〈獸〉這種不死的外敵並非他們的戰鬥對象，他們只負責對付同樣擁有生命且住在大陸群的居民，為此而戰。

這和對上〈獸〉時的感覺相差甚遠，可能是因為這樣，這裡才會充滿令人不舒服的緊張感吧。緹亞忒是這麼想的。

「不過，感覺也不是只有這樣而已，希望不會是又發生什麼麻煩事了——」

「葛力克．葛雷克拉可三等技官？」

矮小的羊頭上等兵向他們搭話。

「另外您帶著的兩位，是娜芙德．卡羅．奧拉席翁上等相當兵和緹亞忒．席巴．伊格納雷歐上等相當兵嗎？」

「嗯，沒錯。你們有接到聯絡吧？為了『塗黑的短劍』事件，第二師團和第五師團派人來支援了。」

塗黑的短劍。這似乎是造成騷動的那樁連續暗殺事件的暗號。會取暗號的理由大概是因為不能到處使用連續殺人這種字眼，但感覺上沒什麼差別。

「嗯，是是，確實有聽說，不過，這個……」

「我們才剛結束長途旅行，先讓大家休息休息……雖然我想這麼說，但看樣子好像已經發生什麼事了，能不能先將大概的情況告訴我們呢？還是說，你可以帶我們去見有權利將這件事告訴我們的人嗎？」

「不是的，呃，這個……」

上等兵只是不斷含糊地應聲，對話不太有辦法進行下去。

「喂，你啊，我說的話有這麼難懂嗎？」

「不不不，我沒有這個意思。對了，如果要休息的話，嗯，馬上就能幫三位安排。我帶各位去軍官專用的房間……」

「不，我是要你先告訴我發生了什麼。」

上等兵再度受到逼問，看起來終於是不再堅持了。

「……很抱歉，根據第一師團總團長的命令，不能將情報告訴各位。」

他垂下羊頭這麼說道。

「啊？」

「啥啊？」

發出抓狂聲音的是娜芙德。

「現在是怎樣？為什麼事情會變成這樣啊？」

「讓各位特地從遠方過來一趟，真的非常抱歉，但確實不能讓各位插手這件事……」

娜芙德的臉頰一抽。

「搞什麼鬼啊！」

似乎傳來了血管爆裂的聲音。

娜芙德恣意妄為地在走廊上前進。

「等……等一下啦學姊，妳冷靜一點。」

緹亞忒趕忙追在她身後。

「我冷靜得很！」

「說這種話的人沒一個是真正冷靜的！哎呀真是的，葛力克先生也幫忙勸勸她吧！為什麼您在笑啊！」

「啊，沒有啦，我也不是沒有生氣，只是因為她先發火了，我就錯過時機了這樣。她現在的發火方式比以往溫和多了，所以有小姑娘妳負責拉住她就沒問題了吧。」

「這樣太不負責任了！」

緹亞忒抱住娜芙德的腰想藉此留住她，但完全沒用。她整個人被強行前進的娜芙德給拖走，最後淪落為在走廊上匍匐爬行的局面。幸好沒有其他人經過，她不想讓除了自己人以外的任何人看見這副模樣。

「喂，我進去了！」

娜芙德當然不可能會乖乖敲門。

她像是要破門而入似的用力打開第一師團總團長室的門。

「……真是吵鬧啊。」

她要找的人果真在裡面。

原本站在窗邊眺望外頭的黑山羊頭巨漢，緩緩地轉過頭來。

「你就是這裡的總團長啊？」

學姊啊——！緹亞忒想這麼叫喊，但無法順利發出聲音。

「正是如此，我乃卡格朗一等武官，受命擔任護翼軍第一師團總團長一職。那麼，問此問題的無禮者妳又是何人？」

他的聲音沉穩且充滿威嚴。

「我是隸屬第二師團的上等相當兵——娜芙德．卡羅．奧拉席翁。總團長大人應該很清楚報上這個名字的意義吧？」

「……喔，妳就是那個精靈兵器嗎？」黑山羊頭一副全無興趣的模樣。「我還是第一次親眼見到。原來如此，能夠像人一樣說話的傳聞是真的啊。」

「——哦？」

「學姊！慢著，停下，打消妳的念頭！不可以這樣，再繼續失禮下去的話，也會給灰岩皮先生他們帶來麻煩的！」

現在的自己有一點像菈琪旭啊……緹亞忒拚命地撲向娜芙德，同時心中這麼想道。身邊的人都在胡鬧，拚了命地想阻止他們，結果大家都不聽話。

該怎麼說呢，做這種事情比想像中還要消耗體力和精神。菈琪旭一直以來都是抱著這樣的心情嗎？下次見到她時，一定要好好感謝她的辛勞，而且還要道歉。

「好了好了，很抱歉這麼吵鬧，我是隸屬第二師團的機甲三等技官——葛力克．葛雷克拉可，有點事想要向您請教。」

葛力克忽然從敞開的門縫中探出頭來。

「你就是這個兵器的監督官啊？一旦韁繩交到你手上，就要負起責任抓好。你看起來不太像是個性勤勉的人啊。」

「哦？」葛力克哼笑一聲。「您真是慧眼識人啊，我個人直到現在還是想不通自己為何又會穿上這種憋屈的鬼衣服呢。」

「我想也是如此。『灰岩（Lime）』總愛將你這種迷途之人招攬到旗下。雖然我認識他多年，但唯獨對於他這種類似哲學的嗜好，不管過多久都無法理解。」

山羊頭一臉疲憊地搖了搖頭。

咦？緹亞忒感到疑惑。他剛才的言行舉止看起來像是在表達不滿，但不知為何，她完全感受不到眼前這號人物對「灰岩」——灰岩皮一等武官抱有惡意或敵意。

真要說的話，比較像是敬意或敬愛那一類的……

「無論如何，儘管是不需要的增援，來者依舊是客，我沒有要讓你們受到冷落的意思。」

「你還真敢說啊！」

「拜託學姊妳冷靜一點啦！」

山羊頭絲毫不管糾纏在一起的兩名妖精，他面向葛力克說：

「容我確認一下你們不請自來的理由，是因為對於被排除在『塗黑的短劍』一事之外感到不服氣，沒錯吧？」

「您能理解這麼快真是太好了。」

葛力克聳了聳肩。

「我們也不是專程來這裡幫忙打雜的，如果只是覺得處境有點尷尬就算了，但連理由都不給就把人給掃地出門，這實在忍不下去啊。」

「所以只要我說出理由就行了吧。」

山羊頭吁了口氣，聽起來不像是在嘆氣，也不像是在嘲弄。

「穆罕默達利．布隆頓博士昨晚被綁架了。」

「……啊？」

「這是已經確定的消息，你們要查證也無妨。」

「啊，不是……我並沒有在懷疑。」

娜芙德「哦？」地發出似乎感到很佩服的聲音。

「綁架了那個大叔啊……雖然不知道對方是誰，不過還真是有夠猛的。」

的確。儘管這句發言有失謹慎，但撇除這一點不談，娜芙德這麼說也有其道理在。

畢竟對方是單眼鬼，光是身為單眼鬼，便無須多言是學者出身還是怎樣，他們就是又高又壯又強，而且還是強上加強，強得不得了。不管是打昏也好，持槍脅迫其屈服也好，下藥迷昏偷偷搬走也好，所有在「綁架」時使用的種種正攻法似乎都派不上用場。

歹徒究竟是用了什麼方法呢？

「貴翼帝國的潛伏兵最近都在這座城市裡徘徊，雖然他們也有下手的嫌疑，但多半不是如此。對方是有別於帝國的另一個獨立勢力，那些人目前正帶著穆罕默達利這名目標對象遁逃中。」

緹亞忒有股不好的預感。

「那個，」她在和娜芙德扭成一團的情況下舉起一隻手。「很抱歉在兩位談話時插嘴，我是第五師團的緹亞忒．席巴．伊格納雷歐上等相當兵。請問我可以發問嗎？」

山羊頭哼了一聲。

「我允許妳發問，精靈兵器。」

「謝謝您。呃……那個犯人該不會是銀髮的無徵種吧？就是，眼神很凶惡，雖然態度很親切，但給人一種不能相信的感覺。」

儘管她覺得不太可能，卻沒辦法排除這個疑問。畢竟時機太剛好了，跟那傢伙（應該是）抵達這座懸浮島的時間幾乎吻合，而且又是來歷不明的第三勢力登場，她實在不得不去懷疑。

「不是。」

山羊頭答得很快。

「歹徒的身分已經查清了。無徵種這一點是符合的，但除此之外，和伊格納雷歐列舉的形象並不相符。」

啊，什麼嘛，原來是這樣。她在內心鬆了一口氣。

同時間，她也感到有一點遺憾。如果那傢伙是犯人的話，她就可以光明正大地追捕他，然後昂首挺胸地將他抓回來。

「所以呢？這件事跟把我們排除在外的理由有啥關聯啊？」

「別急，我還沒說完……雖然我想這麼說，但我要說的都說得差不多了。你們該知道的事情還有一個，就是我剛才提到已經查清的歹徒名字。」

「能不能別說得那麼拐彎抹角啊？我可不是很有耐性的。」

「妮戈蘭·亞斯托德士。」

山羊頭乾脆地說出了歹徒的名字。

「…………啊？」

在場所有人都發出困惑的聲音。

「啊，不對，食人鬼只有未成年時，才會以父親的名字作為姓來自稱。你們忘掉剛才那個名字吧。」

山羊頭淡淡地將名字稍作修正後，重新說出口。

「歹徒的名字叫作妮戈蘭，這就是我不能讓你們參與調查的理由。儘管我們的工作不能混入私情，但也沒有殘忍到要求你們去幫忙逮捕親友的地步。」

「與不語者交談，抑或是……」
-crossing road-

1. 逃亡者

話說，這裡有個叫作妮戈蘭的女子。

種族是食人鬼，年齡嘛……超過二十歲了。嗯。

當她還是少女時，在中央綜合學術院就讀五年左右，並取得包括基礎醫術在內的四張資格證書。畢業後，她立刻憑藉這些證書進入懸浮大陸群最大商會之一——奧爾蘭多貿易商會工作。她當時的人生目標是「一帆風順的菁英人生」，也相當順遂地走到了一半。

在走到一半時，她就徹徹底底地跌落出去了。

至於原因也沒什麼大不了的，就是有無法忍受的事情，有無法視而不見的事件，有無法放任不管的孩子們，有無法棄之不顧的地方。當她轉身面對這些無法忽視的各種事物後，不知不覺間就變成現在這樣了。

其實對於這件事本身，她並沒有很在意。她不後悔自己的選擇，而且這個選擇造就她從事現在這份工作，她也認為這絕對是自己的天職。假設告訴她從現在起可以重新回到她過去夢寐以求的菁英人生，她還是會毫不猶豫地搖頭拒絕。
因此，很理所當然地——
即使現在被一個來歷不明的武裝團體追殺，她心中也不曾感到後悔。

†

「哎，真受不了，有夠纏人！」
她在下雨過後的巷子裡奔跑。
相較於其他種族的住處，在巨鬼類諸種族的居住區裡所有東西都做得很大。即使是身材修長的妮戈蘭，也彷彿透過小孩子視角來觀看這個世界，這般景象實在相當有趣。
（以阿爾蜜塔那種身高來看街道的話，就是這樣的感覺嗎……）
就算她腦中清楚現在不是想這些事情的時候，卻仍是忍不住去想了。要是現在不是這種情況的話，她還想再稍微享受一下這個感覺。
「小妮，那裡是死路！」
緊跟著她跑在後頭的，是與景色的規模大小非常相襯的單眼鬼巨漢。那是穆罕默達利・布隆頓，是妮戈蘭就讀學術院時的學長，也是工作上受其非常多照顧的醫師，更是此刻生死與共的逃亡同伴。

「真是的，學長，我不是叫你別用小妮這個稱呼了嗎？我已經不是小孩子了。」

她腳步不停，只轉過頭去。

在街燈照亮的夜色之中，雖然無法直接看到追兵的身影，但腳步聲和人聲依然在接近。要是現在掉頭回去的話，應該在進入其他路之前就會撞上了吧。

「明明差不多可以放棄了，還真是勤奮啊。」

「廢話！要是他們很懶惰的話，懸浮大陸群早就墜落了！」

「既然如此，那就別逃了，把他們所有人都解決掉怎麼樣……啊，不行的，那樣的量實在吃不完。準備好的食材不一次吃完的話，可是會違反禮儀的。」

「我很高興妳打消念頭！但如果可以，我希望妳也能夠想一下法律和道德啦！」

在他們對話的時候，情勢也正慢慢惡化當中。

單眼鬼的巨軀本來就不適合這種逃亡戲。畢竟，躲在遮蔽物後面或躡起腳步聲等方法都幾乎不能使用。也就是說，想成功脫逃的話，唯有一個勁兒地奔跑，一個勁兒地拉開距離，除此之外別無他法。

「啊。」

在前進方向。

大約有五名服裝不一的男人接連衝了出來。光看服裝，所有人都做旅行者的打扮，這在科里拿第爾契市完全沒什麼好稀奇。但他們的行動像受過一致的訓練，而且手上拿著誇張的火藥槍，眼神也實在算不上客氣友善。起碼路上的一般旅行者不會是這副模樣。

（……被繞到背後了？）

妮戈蘭停下腳步，反射性地回頭。

之前那些追兵當然也仍舊在追著他們。就目光能及的範圍內有七個人。那些人快步爬上斜坡，逐漸往這裡接近，手上還拿著另一種尺寸誇張的火藥槍。

火藥槍如同其名，是利用引爆火藥使子彈發射出去的攜帶型武器。這種武器的特徵之一，就是尺寸與威力有密切關聯。也就是說，火藥槍愈大，相應的殺傷力也就愈大。即使是單手就能使用的火藥槍，也能在「暗殺一下」這種用途上發揮出充分的威力。既然拿出更大型的火藥槍，就代表他們已經預設會展開頗為正規的市街戰了。

（要是被打中的話，感覺還是會有一點痛啊。）

食人鬼比其他鄰近的大部分種族還要來得**稍微強健一點**。「頗為正規的市街戰」這種程度的槍擊不至於讓食人鬼受重傷，而且傷口很快就會癒合。單眼鬼也擁有相同的強健度，所以說似乎不太需要擔心那些人的攻擊所造成的傷害——妮戈蘭是這麼想的。

前方做旅行者打扮的團體，以及後方穿軍服的團體，雙方注意到了彼此。

他們一語不發地停下腳步，在保持距離的情況下舉起火藥槍，明顯正在警戒對方。

「哎呀……」

她原以為被挾擊了，但好像不是這樣。

看這情況，是兩個不同的勢力在不期然的地方與時間點遇到了彼此嗎？

「……你們是什麼人？」

她問那個做旅行者打扮的團體，不過沒有人回答。

「那邊的幾個是護翼軍吧？」

她也向穿軍服的團體這麼問道，同樣沒有人回答。

「唔嗯。」

她當然也可以考慮強行突破其中一方的陣勢。儘管妮戈蘭只是十分平凡的普通女子（她是如此自稱的），但也並非不擅長打鬥。食人鬼這支種族擁有像在開玩笑似的臂力與生命力，就算沒有經過訓練或鍛鍊的加乘，面對區區十人左右的武裝士兵，還是能不費吹灰之力地將敵人打得落花流水。

但是，並不是這麼做就可以打破局面，而且好不容易現在有兩股勢力互相牽制，要是破壞掉平衡的話，她也不確定會造成什麼樣的結果。再加上，不管是哪一邊的勢力，追兵應該都不止眼前所看到的這些人數而已。時間拖得愈久，對方就會補充更多的戰力，用更完善的戰術將人逼入絕境，他們會變得更難以逃跑，可能就在這種情況下耗盡氣力了。

如果只有妮戈蘭自己一人，像這種時間略長一點的持久戰，她有從容應付的自信，但同行的單眼鬼雖然體型龐大，卻有一顆溫柔纖細的心。姑且不談身體受傷，光是置身在互相鬥毆，互相傷害的場合中，他的心理可能就先承受不住了。

妮戈蘭判斷前後沒有活路可走，便看向左右兩邊。

然而，這裡是在橋墩相當高的橋上。不管看向左右的哪一邊，都只能看到低矮的鐵欄杆，以及遠遠下方有著已乾涸的大水渠，那痕跡一路延伸了出去。

「妮戈蘭！」

其中一名穿著軍服的人維持同樣的距離朝她喊道。

「咦，在叫我？」

對方不知何時已經調查出她的底細了。

「妳現在是綁架要員的現行犯，並且有暗殺多名要員的嫌疑！勸妳立刻放棄抵抗，放了博士！」

「綁……架？咦？我嗎？」

一瞬間，她聽不懂對方指控了她什麼。

「說什麼！搞錯了吧，打算強行帶走學長的可是你們耶！甚至還拿出嚇人的槍枝！」

她抗議回去，但對方並沒有和善到願意一一回答她的問題。

雖然這應該不是代替回答的舉動，不過所有人都膝行前進，逐漸縮短了距離。

「再說，為什麼護翼軍要追捕學長啊！保護懸浮大陸群是你們的工作吧！既然如此，你們應該要去抓更危險的人才對啊！」

在場的每個人——連她背後的穆罕默達利．布隆頓——都是一句話也不說。妮戈蘭對此感到火大，將音量提得更高了。

「那邊的你們也是！到底想從我學長身上得到什麼啊！我醜話說在前頭，這個人可是沒什麼錢的！明明領豐厚的薪水，卻全都花在買學術書上面，不然就是拿去支付學術院再入學的費用了！」

「別說了啦，小妮，我有點丟臉。」

穆罕默達利像個少女般低垂著頭，扯了扯她的袖子。

「只要我走就行了。不對，這才是最好的決定。」

「要說夢話晚一點再說。」

「我是認真的。只要我被抓的話，這種局面就能圓滿收場了，而妳身上的嫌疑應該也會跟著洗清，這樣一來……」

「還有我的事情。」

她打斷了穆罕默達利說得飛快的話語。

「我還沒把我的事情告訴學長，我可不是為了玩捉迷藏才大老遠跑來十一號島的。有一件事，我無論如何都要拜託學長——」

「辦不到，我不能答應。」

「——我什麼都還沒說耶。」

「我不用聽也知道，所以才會說辦不到。調整妖精這種行為遠比妳想像中還要危險。不對，就這點程度的事情，妳應該已經察覺到了吧？」

當然已經察覺到了。妮戈蘭使勁把這句話吞了回去。

黃金妖精誕生於懸浮大陸群各地。其中一些成長到擁有健全身體的妖精會受到護翼軍監護，並運送到六十八號懸浮島的妖精倉庫。在那裡被飼養起來的她們，在年齡來到可以成為成體妖精之際，會再被運送到這座十一號懸浮島接受成體化的調整。在那之後應由各師團領回，歸師團管理運用，但慣例上來說都是再次回到六十八號懸浮島，沒有任務的期間就和其他幼體一起受到管理。

這個系統有幾個啟人疑竇之處。

其中一點，就是妖精進行調整的地方僅限於十一號懸浮島。

一般而言，在距離六十八號懸浮島近一點的地方進行調整會更加有效率。即使是因為必須要有特殊的設施，只要把那種設施建造在六十八號島附近，或是搬遷過來就行了；甚至把妖精倉庫本身移建到十一號島附近都比較好。不，如果真的對懸浮大陸群的未來感到擔憂的話，就更應該這麼做，畢竟她們可是背負著懸浮大陸群興衰的黃金妖精。

而實際上沒這麼做的原因，妮戈蘭當然有獲得簡單的說明，也能夠理解。妖精兵器這種系統本身在護翼軍和奧爾蘭多貿易商會內部意見紛紜，沒辦法總是採取合理的手段。她明白箇中原由，在明白之後也有感受到，這部分的事情應該還藏著沒浮上檯面的內幕。

儘管有所察覺，儘管有所知悉，但……

「所以說，小妮——」

「學長你根本就不懂。」

那種事情，她早就知道了。

有所察覺，有所知悉，然後，她才會來到這裡。

「你根本什麼也不懂！」

她猛然揪住單眼鬼的領口。

接著，她直接把他舉了起來，彷彿是把他從地上拔起來一般。

他被高高地懸在半空中。

單就重量而言，單眼鬼約莫有一台小型自走車那麼重。就算食人鬼擁有再威猛的臂力，還是會感到些許吃力。但是，她不能因為這點程度就叫苦。現在的她，是背負著更重更沉的事物而來到這裡的。

「哇，等……等一下啊！」

他慌張地喊著，軍人和做旅行者打扮的傢伙也同樣惶惶不安。這個食人鬼究竟打算做什麼？在場所有人都反應不過來。

「小……小妮放我下來啦，我很怕高啊。」

其中還是有一個人的口氣像是已經準確地預測到等一下會發生什麼事了。

「我不是叫你別用小妮這個稱呼了嗎，學長？」

喝！

她沒把吆喝聲發出來，就這樣提勁一催，將重物丟了出去。

不是往前，也不是往後，而是橫向丟過欄杆。

「我已經不是小孩子了啊。」

嗚哇啊啊啊啊啊啊啊啊啊！穆罕默達利發出震耳欲聾的慘叫聲，而她當作沒聽到，並且自己也跟著縱身一跳，壓著裙襬躍上了空中。

一股飄浮感包覆住全身，冷意直竄背脊。她忍住想閉上雙眼的衝動，抵禦數秒之間的惡寒。

她擺正姿勢，用雙腳落地。隨著轟鳴響起，這個過去曾為大水渠的地方，石板上被開了一個大窟窿。她活絡一下發麻的雙腳後，拍了拍旁邊頭昏眼花的穆罕默達利的屁股。

「好了，學長，我們走吧。」

她拉起他的手，拖著他再度開始狂奔，

背後傳來零星的槍擊聲，然而下一刻就被「蠢貨，給我住手！」這道聲音給制止了。

雖然不知道是來自護翼軍還是另一個神祕的團體，但總之太好了。儘管被打中也不會多痛，但她討厭外出的衣裳破洞。

†

拉開這麼遠的距離應該就安全了吧……他們在爭取到認為夠安全的距離後，決定在隱蔽處休息一下。

「為什麼會變成這樣啊？」

妮戈蘭坐在木箱上嘀咕著。

「還好意思說喔？小妮妳是最沒有資格這麼說的人吧？」

靠在附近磚牆上的穆罕默達利搖了搖頭。

「就，說，了，不要叫我小妮啦。」

「……就算妳這麼說，在我眼中看來，現在的妳也依然是個小孩子啊，實際年齡是如此，這種滿不在乎地任意胡來的個性也是如此。」

單眼鬼非常長壽，隨便也能活上個一兩百年。因此，在他們眼中，其他大多數種族看起來真的年紀都很小，這確實是沒有辦法的事情，但是……

「就算是這樣，這次我是為了重要的孩子們而來的，所以我自己不能再繼續被當小孩子看了。」

不能退讓的事物就是不能退讓。她鏗鏘有力地這麼回答。

穆罕默達利也許是理解她的決心了，只見他聳了聳肩說：

「好吧，我知道了，妮戈蘭。總之算我輸了。」

他似乎暫且願意妥協了。

接著就是下一步了。妮戈蘭稍微緩了緩呼吸後說道：

「阿爾蜜塔陷入昏迷了。」

她出其不意地直接切入正題。

阿爾蜜塔是現在妖精倉庫的幼體妖精裡最年長的少女。早在一年多之前就已經作了象徵成體化徵兆的「夢」，但之後一直沒有進行調整以成為成體妖精，就這樣耗到了今天。

「她幾乎一整天都在睡夢中度過。之前拿到的藥也已經毫無作用了。優蒂亞和瑪夏暫時還沒有問題，可是她們慢慢地愈來愈常出現身體狀況變差的情況。」

「……那就是妖精本來的壽命。那些孩子的時間會在長大成人前結束，這是她們用自己的方式正確活過一遭的證明，也是很自然的事情。」

聽到穆罕默達利這番像是說服自己的話語，妮戈蘭便嘟起了嘴。

「邪道至上，只要找得到法子的話，就要不擇手段地違反自然法則將生命延續下去，這才是醫師的使命。學長你以前不是這麼說的嗎？」

「…………我的確好像有這麼說過，而且也實在很像我會說的話…………」

「這是你自己說過的話，這點責任你該好好承擔才對。」

「哈哈，真不該活這麼久啊，不然套在自己身上的枷鎖會愈來愈重的。」

穆罕默達利開玩笑似的說著洩氣話，並且仰望天空——就在此時。

「……聽到了嗎？」

「嗯。」

他立刻臉色凝重地和她互看一眼。

那是超過十人在匆促奔跑的腳步聲。雖然現在還離得很遠，但恐怕要不了多久就會來到這裡。

「糟了，我們快跑吧。」

她站起身，然而旁邊的單眼鬼一動也不動。

「是啊，妳逃掉比較好，妮戈蘭。這樣一來，起碼倉庫的所有孩子不會失去母親，能夠避免這種在惡劣中最為惡劣的結果——」

「真是的！為什麼你要用一副理所當然的表情打算留下來啊！你也要跟我一起走，我們話還沒說完呢！」

「行不通的……我好久沒見到妳，的確還想再跟妳多聊一下，但這一帶的道路我也不是很熟，就算要逃也馬上就會被抓到。既然這樣，不如就妳一人成功脫逃——」

「哎呀，受不了耶，有夠頑固的！從剛才開始話題就完全沒有進展啊！」

就在她想要抱住頭時。

「咦？」

感覺有人扯了扯她的袖子，她便低頭一看。

有一個女孩子不知何時出現在那裡。

她穿著附黑色兜帽的斗篷，身材嬌小，兜帽裡的臉看上去也很稚嫩……大概比十歲大不了多少吧。從斗篷下襬露出來的手長著蓬鬆的黑毛，似乎很柔軟的樣子——可能是黑貓類的貓徵族（Ailuranthropos）。不過，感覺特徵有點不太明顯。

「妳是……」

妮戈蘭感到困惑。

她想自己應該不認識這個女孩子。再說，這個年紀的孩子只要幾年沒見就會有突飛猛進的成長，樣貌和氣質也都會有所改變。因此，她不能肯定雙方從未見過，而且這件事在這種時候也沒有多重要。

更重要的事情，也就是這孩子找自己說話的原因。關於這一點，對方先提起了。

「逃跑的路……」

她的聲音混濁低啞，好似對人生感到厭倦的老太婆。

妮戈蘭對這個聲音感到意外，接著又被她的話語內容給嚇到。

「……往這邊。」

「咦？等……等一下，為什麼？」

縱然被拉著衣袖，她也不可能就這樣乖乖跟著對方走。她不會隨便就跟一個來歷不明的孩子走的。

再說，糊里糊塗地把這孩子捲進來，害她也被那些危險的追兵給盯上的話，那就太可憐了。貓徵族（？）和稍微強健一點的他們兩人不同，承受不太住子彈的攻勢，依情況不同還有可能會死得很快。

「學長，你認識她嗎？」

「不認識。」

或許能夠掌握情況的可能性之一，也被一口否定掉了。

「有人……拜託我來帶你們……走。」

對方大概是覺得，再這樣下去無法取得他們的信賴吧。

於是，她用感覺有點窒礙難言的乾啞嗓音，主動如此說道。

「要帶我們走……是誰？」

妮戈蘭保持著內心深處的一點點警戒，向她問道。他們處於被追捕的狀態，不能跟無法信賴的人一起走。

「**歐黛．傑斯曼**。」

「……咦？」

「歐黛姊姊說，只要說出這個名字，你們兩個就會相信我了。」

他們倆面面相覷。

他們都認得這個名字。

而且，這是這個世上最不能信賴的名字。

2. 奔跑的少年，伴隨的少女

「要不要乾脆燒光算了？放心，會把證據全部抹除的。」

「拜託不要。」

這段對話不知道重複了幾次。

遭到瘋狂追殺。

拚死拚活地奔跑。

還被開槍射了一下（沒有射中）。

最後在差點被逼入狹巷之際，被從佶格魯那邊得知原委的豚頭族商家救了一命。

†

一聽到豚頭族的住處，很多人都會覺得那是不乾淨又擁擠的場所。

但是，這種印象大致可說是誤解。一般豚頭族家庭基本上是非常整潔的，反倒是其他獸人很容易因季節性換毛把毛髮掉得到處都是，甚至可說是比豚頭族更會弄髒環境。

要這樣說的話，有的獸人也會反駁說：「那些傢伙不都用泥巴洗澡嗎？」這句話確實所言不差，這是他們的風俗習慣。也有紀錄提到他們在古時的地表上，會把身體浸泡在肥料水和髒水裡。然而，在現代的懸浮島上，那樣的文化已經如同字面意義地受過洗鍊了。如今他們用來裝滿浴桶的，是一種把高品質的黏土溶於昂貴香油中的琥珀色液體，不能再用泥巴來稱呼了。

（——不過，應該只限於有錢人家就是了……）

被帶到豪華客房後，他一邊歎口氣，一邊想著這樣的事情。

這個房間的裝潢絲毫不遜於他跟佶格魯談過話的那個房間，撒錢撒到品味低俗的程度。擺滿各處的金工藝品反射著燈光，相當刺眼。

「那位老爺說你們是自家人，所以你們已經是我們這一區的家人了。」

這家店的豚頭族老闆這麼說。順道一提，他分不出老闆和佶格魯的長相有哪裡不同。

豚頭族數量龐大，而且對內團結一氣（其實也是因為他們和其他種族處得不好），所以他們傾向於在每一座懸浮島，每一座都市裡建立群居共同體過生活。這樣的街區也稱作豚頭族區，本身就像是一座都市，甚至是一個國家，外人沒那麼簡單就能插手管事。

「別因為是無徵種就感到不自在，把這裡當作自己家吧。」

「那就恭敬不如從命了。」

「嚄呵呵，怎麼講話還是這麼拘謹呢？」

他一邊當作沒聽到那奇妙的笑聲，一邊喝了口招待的紅茶。

「……若你想要的話，也可以給我家女兒留個子嗣哦。」

噗！

他和菈琪旭一起噴出了口中的東西。

豚頭族沒有兩兩結為夫婦的習慣，這對於多胎的種族是很常見的事情。雄性和雌性隨便結交，隨便生下孩子，然後由整個共同體一起撫養長大。因此，他們有時也會突然提出這種讓其他種族覺得有倫理問題的提議。

†

實際上，他還真的把女兒介紹給費奧多爾了。

雖然費奧多爾當場就鄭重拒絕了他的提議，但在這之後，菈琪旭都用有點冰冷的眼神看他。

「那個女孩子的肌膚很漂亮對吧？」

微微瞇起的不悅眼神，搭配宛如一道利刃般的嗓音。

不過，純粹就一般意義上而言，那種光滑的粉紅色肌膚確實是很漂亮。

「和討厭無徵種的你不是正好合適嗎？」

不對，等一下。他的確討厭無徵種，但他不記得自己有說過除了無徵種以外什麼都行這種話。

「也就是說，和種族無關，那個女孩子就是你個人喜歡的類型嗎？」

唉，真是的，她的心情一直好不起來。不對，說到底，他連她為什麼會生氣都不知道。儘管菈琪旭現在確實非常依賴費奧多爾，但她本身應該沒有把這種感情當作是愛戀情愫。之前她指著發生過衝突的緹亞忒說「她是你的戀人吧？」時，也沒有表現出憤怒或嫉妒的感覺。

「哼。」

唉，真是的，到底要他怎樣啊？

由於實在坐立難安，費奧多爾便逃到廁所了。

如廁完畢後，他洗洗手。一人獨處後，他終於可以思考各種正經事了。

（現在這種情況，有很多事情必須好好想一下才行啊。）

穆罕默達利．布隆頓博士。既是單眼鬼醫師，也是極少數知曉「黃金妖精兵的調整」內情的一人，同時恐怕是唯一一個連具體的現場流程都知悉的人。

（除了我們之外，還有數個組織正在追他。如果只有這樣就算了，但其中一個似乎就是護翼軍……）

博士究竟人在哪裡呢？從最單純的方向去思考的話，應該是被護翼軍看管住了。然而從剛才那群窮追不捨的護翼軍士兵的難纏度與人數上來看，總覺得不太對勁。

沒錯，如果護翼軍也是因為博士這個目標對象逃走而在街上徘徊不去的話，那一切就說得通了。假設真是如此，他就能藉由剛才所見事物，來判斷究竟要歷經怎樣的過程才會有那樣的發展。

（粗略想一下，有兩種情況。不是博士背叛了護翼軍，就是護翼軍背叛了博士……不，這樣似乎言之過早，不確定因素太多了。）

他邊想邊收起手帕，然後踏進走廊走了幾步。

——這種事情偶爾會出現在裝潢氣派的屋子裡。

只見走廊轉角的牆壁上，掛著一面大鏡子。

「……嘖。」

他剛嘖完沒多久，一股頭痛便襲捲而來。

鏡子這種東西會忠實地重現面前的事物，並且映照出來。因此，不管是白色的牆壁、白色的地毯還是耀眼的晶石燈，這些在背後的景物都如同字面意義地經過鏡像反射，在鏡子裡也能看見和現實相同的東西。

只有一處不同。在鏡子的那一端，並沒有費奧多爾·傑斯曼的身影。在那裡的，是一個來歷不明，黑髮黑眸的無徵種青年。

那個人正在笑。

看到那張笑臉，令人覺得彷彿隨時都能聽到「呵呵呵」的笑聲。

費奧多爾不禁把手放在嘴巴上確認了一下。他沒有在笑，只有鏡子裡的那個傢伙在笑而已。

「有什麼好笑的啊？」

『有——好笑——啊——』

雖然斷斷續續的，但他覺得好像有聽到聲音。

但是，那當然是幻聽。或者，是費奧多爾自己說出口的話所傳出的零星回音。這就跟對著牆壁自言自語沒兩樣。

「你在耍我嗎？」

『——耍——嗎？』

「你到底是什麼啊？」

『你——底是——啊——』

受不了，這樣看起來有夠滑稽的。

自暴自棄的費奧多爾，決定回答自己的問題看看。

「我是黃金妖精的敵對者。」

『我是懸浮大陸群的破壞者。』

唉，果然沒錯，鏡子就是鏡子，除此之外什麼也不是。既然對話無法成立，做這種事情根本一點意義也沒有……

——咦？

「喂……喂！」

他察覺到異狀而緊抓著鏡子，但鏡子的另一端已經沒了那名黑髮青年的身影。只有一個銀髮紫眸的少年露出好似被逼入絕境的驚慌表情，往他這邊窺探了過來。

剛才那是怎樣？那傢伙在說什麼？那句話又代表什麼意思。

「你在幹麼？」

當他瞪著鏡子快要陷入思索時，便有人朝他搭話了。只見走廊的另一端，菈琪旭將房門開了條小縫，從中探出頭來。

「沒事……有髒東西黏在頭髮上。」

「嗯哼。」

不知道菈琪旭相不相信還是覺得無所謂，總之她哼了一聲後，就輕輕地招了招手。

「上完廁所的話就回來吧，聽說收集到情報了。」

†

他們動員了住在這一帶的豚頭族，去追蹤那些在街上到處奔跑的人的動向。在這種團隊合作能起到極佳效果的集團行動上，他們會發揮出超群的能力。馬上就傳回了正確且大量的情報。

「準備好地圖了嗎？」

「在這裡。」

他們在桌上攤開街區地圖，以布置棋子的方式，將傳回的報告詳細地記錄在地圖上。一個一個只擷取到某個瞬間的情報並沒有多少價值。但是，將這些情報匯集起來後，就能模模糊糊地看出時間的流動。

「這是……」

然後他發現一件事。除了他們以外，還有其他人在巨鬼居住區四處逃亡。而且，追著他們的追兵似乎有不同的勢力混雜在一起。

「……找到了。」

聽完情報後，可以知道逃亡者是兩人組，其中一個好像還是單眼鬼。在這種時間點出現這種情況，不可能絲毫沒有關聯，對方可能就是穆罕默達利·布隆頓本人。

雖然得知是兩人組讓他很在意，但這個情報本身不過是粗略的預想與推測累積而成的，堅持釐清細節也無濟於事。接下來就是實際走一遭，親眼確認事實。

「走吧。」

他倏地站起身。在意的事情很多，必須解決的問題也堆積如山。但是，他現在想依自己內心的優先順序去做。

對現在的費奧多爾來說，與穆罕默達利．布隆頓交涉是最為優先的事項之一。與其要把這件事延後，他還不如暫且先忘掉這具身體的痛楚，還有腦袋裡住著奇怪的東西之類的事情。

「……怎麼了？」

他回過神來。他的視線在不知不覺間凝定在菈琪旭臉上了。

「沒什麼──啊，不是。」他移開視線後說：「我有點看入迷了。」

「是是是，謝謝你如此淺顯易懂的場面話。」

正如同費奧多爾希望的，菈琪旭既沒有害羞也沒有特別意識到什麼。她只是乾脆地回了這麼一句話，還附帶微微的聳肩。

3. 名為歐黛・岡達卡的女子

他們被帶到位於河岸的一處大宅邸的後門。雖然門對穆罕默達利來說稍嫌小了些，但只要彎下腰斜著肩膀，還是可以勉強通過。

「打擾了……」

他們跟著帶路的女孩子，穿過像是廚房的房間，前往客廳。

有一名女子坐在廉價的沙發上。

她有一頭銀色長髮與紫色眼瞳，嘴邊漾著溫婉的微笑。

她看到他們進來後，便從沙發站起身，接著飛撲過來緊抱住穿著黑袍的少女。

「莉妲妹妹，太感謝妳了！」

「歐……歐黛姊姊，這樣好……難受……」

「對不起喲，拜託妳去做奇怪的事情。有遇上危險嗎？會不會害怕？有沒有怪怪的人找妳說話呢？」

「好……好了啦！」

那個女孩子感到難為情似的扭動身體，從女子的懷抱中掙脫後，就這樣奔出了客廳。女子目送她的背影離去，不久後便轉過頭來。

「被她給逃了。」

她吐舌笑了笑。

「……呃。」

「非常久沒見了，兩位，很高興看到你們很有精神的模樣。」

她露出溫和的笑容。

「是說，剛才那是親戚的小孩。其實我是真的很想親自去迎接你們，但出於各種因素而不太方便，所以就請她代替我去了。不過話說回來，要是我突然露面的話，你們兩位也不會老實地跟過來吧？」

不知道是什麼樣的愧疚感在催促著她，只見她用飛快的速度滔滔不絕地這麼說道。

「……傑斯曼學姊。」

「啊，抱歉，其實我已經不姓傑斯曼了，我現在是歐黛·岡達卡。很久之前在故鄉那邊結了婚，姓氏就改了。」

「咦，是這樣嗎？」

妮戈蘭感到驚訝。

歐黛·傑斯曼，又名歐黛·岡達卡。她是墮鬼族，也是妮戈蘭在學術院念書時認識的人之一，而且相當有名。乍看之下，她只是一個……雖然這樣說也很奇怪……感覺教養很好的端莊女性。但是，其實在當時的學生圈子裡，她被取了魔女和魔王等可怕的外號（而且每一個都沒有誇大之嫌），是一個性格乖僻扭曲又惡質的女人。

對她而言，騙人就跟吸氣一樣，拐人就跟吐氣一樣。不知道有多少同學被她表面上的溫柔與穩重給欺騙而飲恨懊悔。

如果這樣的她，身邊也出現了異於常人，願意一直支持她的男性，而且還獲得了尋常人的幸福的話呢？如此一來，應該也算是一件值得開心的事情吧？妮戈蘭想到這裡，就開口道：

「那還真是恭喜——」

「順便說一下，他在五年前先我一步離開了。」

「啊呃……」

原本想誠摯道出的祝福話語，卻在途中被擊墜了。到底該為喜事感到高興，還是該為已然逝去的幸福感到悲傷才好，一瞬間的混亂讓妮戈蘭停止了思考。但就在下一刻，她馬上察覺到這種混亂才是歐黛想看到的。

「——那個，傑斯……歐黛學姊，妳該不會是在玩弄我尋開心吧？」

「嘻嘻，答對嘍。」

歐黛一臉愉快且又壞心眼地笑了。

「我想想，距離我們最後一次見面應該隔了十三年左右吧？雖然妳好像長高了不少，但反應還是一樣可愛呢，妮戈蘭．亞斯托德士。」

「真是的！我已經是大人了！稱呼我時不要再加上父親的名字！」

妮戈蘭忽然轉頭看向從剛才起就安靜得出奇的穆罕默達利。

「叫作岡達卡……？」

他若有所思地喃喃唸著這個姓氏。

正當妮戈蘭打算出聲詢問時——

「對了，要不要喝茶？我記得妮戈蘭很喜歡榆木產二十幾號的茶，對吧？」

「啊，對。」

她在絕妙的時間點被拉回了注意力。

「……妳對別人喜歡的紅茶種類記得真清楚。」

「畢竟我是墮鬼族嘛。」

歐黛將水壺放在圓筒型的小爐子上。

「要想騙人的話，就必須了解那個人才行。對方喜歡什麼，對方討厭什麼，對方不能容忍什麼，對方不能讓出什麼——」

歐黛一邊確認爐火的大小，一邊訴說。

「沒有所謂的『任何人都騙得了的萬用臺詞』。所有的騙局都是為每一個對象量身打造的。這對於我們以人心為食的一族而言，是一種類似自尊的東西。」

妮戈蘭覺得有道理。

如果說歐黛等墮鬼族是以人心為食，那她這樣的食人鬼就是以人肉為食。並沒有萬用的料理方式與調味料可以用在所有的肉上面。對食人鬼而言，理解面前的這塊肉，對每一個對象使用最棒的料理方式，就是一種類似自尊的東西。

要說兩者差不多的話，她在一定程度上也不得不認可。

「……這樣說也是騙妳的啦。」

喂，搞什麼，把她的認可還來！

「不過，我是覺得妮戈蘭會相信才說這個謊的。聽好了，所謂的謊言就是像這樣牢牢掌握住對方的資訊再下手行騙。記住喜好、思考方式和領會方式更是基礎中的基礎。這樣妳明白了嗎？」

「……嗯，非常明白。」

她不擅長應付這個人。

妮戈蘭一邊在內心流淚，一邊強烈地這麼認為。

她忽然想起艾瑟雅。在現在還活著的成體妖精兵當中，艾瑟雅是最年長的一個。那種總是難以捉摸的個性，以及雖然直言不諱卻不太像是真心話的感覺，令人覺得這孩子和歐黛之間有幾個共通點。

那孩子也許有辦法跟這個騙人精激戰一番……不對，如果隨便讓這兩人見面的話，她們搞不好會串通一氣把她整哭。

就在妮戈蘭想著這種蠢事時……

「──我有問題問妳，歐黛・岡達卡。」

耳邊傳來一道低沉嚴厲的嗓音。

用不著確認是誰，他是人就在沙發旁邊，由於沒有他能坐的椅子，所以直接一屁股坐在地毯上的巨漢——穆罕默達利．布隆頓。

「問什麼？」

「我不記得自己有收到同學會的通知，當然也沒有主動發過。既然如此，我們聚集在這裡是很不正常的一件事。妳究竟為何會在這裡——不對……」

那隻單眼瞇了起來，他稍微想了一下措詞後，說：

「妳是以什麼身分來到這裡的？」

這個問題是什麼意思？妮戈蘭這麼想著。她不覺得前後內容的差別有大到必須特地換個問法的地步。

歐黛嘻嘻笑了起來。

「真不愧是布隆頓醫生呀。」

她從袖口裡掏出一張紙片。

穆罕默達利的臉色明顯變了。

「……妳在哪裡拿到的？」

「當然是在醫生你的私宅嘍。抱歉把你家弄得有一點亂。」歐黛聳了聳肩。「但我也沒有辦法呀，畢竟是在跟別人競爭。雖然我們快了一步，然而要是再耽擱久一點的話，現在東西就落在護翼軍手裡了。」

妮戈蘭不知道眼前這兩人在說些什麼。

「學長……？」

「在談到我之前，先確認你們兩人的現狀吧。」

歐黛在沙發上坐下。

「追兵分為兩種，一邊是護翼軍，另一邊目前還不清楚來歷。兩方敵人都為了捉拿布隆頓醫生而展開行動。推測原因和布隆頓醫生擁有的特殊精靈調整法有關……嗯，總之是這樣吧？」

妮戈蘭稍微想了想後點頭。雖然不知道是怎麼一回事，不過歐黛這番話和她目前對於現狀的認知幾乎是一致的。

穆罕默達利的單眼筆直地看向歐黛，就這樣沉默著，什麼也沒回答。

「醫生，別不說話呀。我剛才的推測，你會打幾分？」

穆罕默達利緩緩開口道：

「我也不知道最佳解答，沒辦法打分數。」

妮戈蘭覺得他好像在說謊。

而且，如果連她都能看穿的話，這個謊言大概完全瞞不過眼前這個墮鬼族。

「我有個提議。」

歐黛的身體微微向前傾。

「你想不想賣掉那個調整法呢？」

穆罕默達利搖了搖頭。

「賣給艾爾畢斯的餘黨嗎？」

——咦？

妮戈蘭的思緒停住了。

「原來你知道我的丈夫嗎？」

「畢竟是名人啊。他是艾爾畢斯國防空軍的副團長，並且以那一連串事變的主謀身分被安上了一切罪名，最後遭到處決。」

「沒錯沒錯，就是那個岡達卡。他是個很了不起的人喔，站在組織的頂點做壞事，在人們的憎恨中遭到處決。這本來是類似於墮鬼族專利的生存之道，但身為額眼族(Stirrer)的他，竟然活得比我們任何一名親屬都還要精彩呢。」

她輕聲一笑。

「所以說，醫生，你是覺得我繼承了他的遺志吧？」

「我覺得這個可能性也必須納入考量才行。」

「你說得沒錯。不過，你大可放心。我的故鄉雖是艾爾畢斯，但故鄉歸故鄉，我就是我，不屬於任何組織。儘管我認識那些被稱作殘黨的人，但我和他們沒什麼聯絡了……」

歐黛說了句「只不過」，頓了一下才又說道：

「……撇開這件事，我現在啊，和貴翼帝國的高層有個約定。那就是，我要把保衛懸浮大陸群的關鍵——遺跡兵器和適任精靈的祕密帶回去。」

「咦？」

所以，簡單來說，這番話代表著什麼意思？

「我再告訴你們一件事，剛才在追捕你們的陣營當中，不是護翼軍的那一邊是我的同仁，也就是你們不曉得來歷的那一邊。啊，別擔心，我沒把這個地方告訴他們。畢竟要騙人的話，首先要從自己人騙起。」

她竟然用毫無一絲罪惡感的表情，泰然自若地說出這種要不得的話。

事到如今，妮戈蘭連傻眼的心情都湧不上來了。

「所以呢，剛才我提到『不清楚來歷』的那番推測，其實我是知道答案的。貴翼帝國的目的是要請穆罕默達利·布隆頓，也就是你過去當技術顧問。他們考慮到光用蠻力可能有困難，所以就把我也送過來了。」

「我拒絕。」

「……我覺得你可以再想一下。最起碼比起現在的護翼軍，他們應該能給你更好的待遇喔。」

啊，這麼說來——妮戈蘭腦中閃過一個遲來的疑問。

穆罕默達利·布隆頓博士本來就是護翼軍與奧爾蘭多貿易商會的協助人。明明該是如此，怎麼護翼軍士兵現在卻在追捕他呢？甚至還拿著火藥槍抵著博士，試圖強行完成任務，這究竟是為什麼？

「既然妳有看過那張筆記的話，應該已經知道我這麼回答的理由了吧？」

穆罕默達利帶著苦笑說道。

「我們所做的妖精調整，其實加了很多原本不需要的工夫。因此，要是想做的話，也可以大幅簡化流程，用更簡單、更快的方式，創造出更強大的成體妖精兵。只要知道步驟，誰都會選擇這條路吧。也就是說，讓除了我以外的人知道調整手段，就會是這麼一回事。」

單眼鬼緩緩──誇張地大嘆一口氣，抬頭看天花板。和單眼鬼的體型相比之下，天花板實在是太低了。

「但是那條路，唯有那條路是我絕對不容許的。不能再讓那種成體妖精誕生了。」

「是嗎？我就是不懂這一點。像你這樣的人物，事到如今又在怕什麼，竟怕到如此程度？甚至還加進『原本不需要的工夫』，到底是為了什麼而設下防線？沒有經過那些工夫的成體妖精兵，究竟會產生什麼樣的問題？」

穆罕默達利淡淡一笑。

「已經連接到那個詞彙了吧。我指的就是莫烏爾涅之夜。」

他彷彿祈禱一般，說出了那個詞彙。

「……我沒聽過這個詞彙。」

「既然如此，妳就這樣不要知道比較好。我好歹也是活很久了，沒有留在紀錄裡的情景也都烙印在我的眼睛和腦袋中。不光是我而已，六個擁有妖精調整這方面知識的人，全部都是共犯。那一晚的記憶一直讓我們感到害怕──」

「──那件事也可以說給我聽嗎？」

不知道那個人是何時出現在那裡的。

在場所有人的視線投往之處，站著一名少年。

他有著銀色短髮，穿著黑色西裝。由於他戴著有顏色的眼鏡，看不見他的瞳色。

年紀大概十五歲左右。又是一個妮戈蘭不認識的人物。

（應該跟緹亞忒和菈琪旭她們差不多大吧……）

妮戈蘭想起那兩個不在場，而且理應再也見不到面的妖精，內心便微微地揪了一下，而就在此時……

「費奧……多爾……？」

她身旁的歐黛．傑斯曼，不對，是歐黛．岡達卡用難以置信的表情看著少年。

這個女人總是維持著從容自如的態度，一副看穿並掌握住一切的模樣，但現在她臉上的表情，至少對妮戈蘭來說是第一次看到。

「我還是第一次看到姊姊妳露出這種表情耶，不枉我費盡千辛萬苦地跑來這裡了。」

看到歐黛——少年似乎稱她為姊姊——的表情後，少年誇張地張開雙手，宛如舞臺劇演員般行了一禮。

「兩位好，初次見面，我是那邊那個歐黛．岡達卡的親弟弟，名叫費奧多爾．傑斯曼。」

他裝模作樣地耍帥，露出滿面笑容，彷彿在吟詠英雄故事似的朗聲說道：

「我這次——」

嗚唧唧唧唧唧唧唧——！

圓筒型小爐子上的水壺尖銳地發出聲音。

少年的話語被打斷了。

尷尬的沉默充滿了整個室內。

「啊，呃……」

歐黛似乎有些沒勁地問道：

「……你要不要也來杯茶？我正要泡榆木產二十三號。」

「啊，嗯，我要喝。」

完全失去幹勁的少年，用呆呆的表情老實地點了頭。

†

客廳裡的所有人都沒注意到。

隔著一扇門的相鄰房間，有一名少女正微微顫抖著。

她用黑色長袍緊緊裹住全身，隱藏在兜帽下的臉龐垂得更低了。

「費奧……多……爾……？」

彷彿發著高燒說囈語一般，她喃喃唸出少年的名字。

「騙人……真的……還活著……嗎……？」

4. 在時髦都會享用時髦點心

在時髦的城市中，連糕點都做得很時髦。

雪白的優格蛋糕上，淋著黃色的糖漿，綴著綠色的薄荷葉。

不知該如何形容，簡直像藝術品。把湯匙戳進去的瞬間，就好像破壞了什麼很重要的寶貝，甚至還會湧起一股莫名的罪惡感。她將震顫晃動的蛋糕送進嘴裡，放在舌尖上。

「…………!…………?」

吃起來冰冰甜甜的，又帶了點酸甜。對於這種至今未曾體驗過的味覺，讓緹亞忒情不自禁地扭動起了身子。

她與娜芙德兩人正在看得見噴水廣場的咖啡廳吃點心。

葛力克不在，他現在還留在司令部，和第一師團的技官談論一些很複雜的事情。雖然放兩個妖精在沒有監督官的陪伴下出門似乎不太好，但暫時還沒人說什麼，就先這樣吧。

「哎，真是的，簡直氣死我了，受不了！」

娜芙德本人顯然心情非常差，只見她將叉子戳進梨子塔裡。

「為什麼妮戈蘭會被當作犯人啊？不管怎麼想都很奇怪吧，與其說那傢伙會做綁架這麼麻煩的事情，不如說她肯定當場就把人燒一燒吃掉了。」

不，這也很難說啊。緹亞忒雖然心中這麼想，但並沒說出口。

「就說是誤會了嘛。葛力克先生現在好像就在處理這件事，他們一定馬上就能理解的。」

「不不不，妳太天真了。那人就長著一張死纏爛打的臉，一旦列入嫌疑犯名單，在踏進墳墓前都會懷疑到底的，絕對是這樣啦！」

娜芙德張大嘴巴，把一塊梨子塔放進嘴裡，然後嚼了嚼。

「……這個好好吃。」

她一本正經地這麼說道。

「請給我一塊。」

緹亞忒毫不猶豫地如此要求著。

交涉到最後，兩人決定互相交易一口優格蛋糕和梨子塔。

手邊的菜單上寫有「店長推薦」的標題，並搭配甜甜圈組合的圖畫。這個看起來真的很美味，畢竟機會難得，她實在很想吃吃看而煩惱了很久，但最後還是選了優格蛋糕。

她總覺得，真的是總覺得，就算吃了甜甜圈，也會有一種美中不足的感覺。不不，她對於同桌的娜芙德學姊沒有任何不滿，並不是那個問題，可就是這樣覺得。

……自己在找什麼藉口，又在說給誰聽啊？

「希望可以早點抓到真正的犯人，把誤會解除吧。還有，那個龐大的……穆……穆罕什麼的醫生如果人也平安就好了。」

「就是說啊。我們不能親自去抓真的有夠難受的。」

娜芙德嚼了嚼，說：「這個也很好吃耶，再給我一口啦。」然後緹亞忒回：「不能再給了，剩下的都是我的。」娜芙德又說：「喂，是怎樣，不聽學姊的話了嗎？」緹亞忒再回：「不管對象是誰，都會有不能退讓的東西。」

盤子被一掃而空。

「妳應該也很著急吧？畢竟大老遠地飛了這一趟。」

「嗯，算是吧。」

她往紅茶的杯子裡倒入滿滿的牛奶，直到快要溢出杯緣才停止。

「……總覺得，會想到當時的事情啊。」

「什麼事情？」

她慢慢地端起杯子，將杯緣湊到嘴邊，啜飲了起來。

「就是珂朵莉迷戀那個二等技官時的事情。」

娜芙德把手肘靠在桌上，目光看向比噴水廣場更遠的地方，一臉懷念地這麼說道。

「我實在無法理解愛上男人是什麼樣的感覺，一直搞不懂那傢伙最後為什麼會露出笑容。」

「……學姊。」

「不過，這也沒辦法吧？妖精本來就是這樣子。所謂的男人和女人啊，是為了繁衍子嗣才分開成兩種性別吧？那和我們又沒有關係，對吧？」

即使尋求她的同意，她也不知該回答什麼。

「唔，可是，葛力克先生怎麼樣呢？」

「啊？」

「雖然種族不同，但好幾年來，他都一直待在妳身邊當夥伴吧。好比信賴關係之類的應該非常穩固不是嗎？」

「喔，不不不。我想，應該沒有妳期待的那種關係。」

娜芙德搖了搖手。

「再說，他們綠鬼族沒有戀人或夫妻這一類的文化啦。族群裡的某人生下的孩子，就是由族群裡的某人來撫養。在那個當下，所有年長者都是父母，所有年幼者都是孩子。所以他們的姓氏才是出身部落的名稱，而不是來自父母，對吧？」

「哦。」

從娜芙德說話時坦蕩蕩的表情看起來，似乎並不是在掩飾害羞的樣子。

「如果問妳這世上最喜歡的男性是誰，妳會怎麼回答呢？」

「這個嘛，要這麼問的話，當然就是那位老大哥了吧。」

娜芙德立刻答道。

「啊，果然是這樣。」

這種關係似乎也不錯呢——緹亞忒這麼覺得。

有別於珂朵莉學姊他們那樣的來往，建立在不同意義上的大人之間的關係。她覺得這樣也很帥氣，很美好，也感到相當憧憬。

「只不過，要說跟珂朵莉或像現在的妳那種心花怒放飄飄然的感覺相不相同的話，好像有點不太一樣呢。」

「那不是很好嗎？我覺得那樣也很不錯啊。」

啊哈哈哈哈……哈。

「等一下。」

「嗯？」

娜芙德眨了眨眼。

「為什麼會說到這個啊我的意思是請不要把我和學姊相提並論，不對能和學姊相提並論這件事本身是一種光榮但這次是不太一樣的，應該說我和費奧多爾沒有那種關係我們非常討厭彼此，不管就個人來說還是就任務來說那傢伙都只是我的敵人而已。」

「是喔？」

娜芙德用使壞的表情笑著。

雖然她語速飛快地辯駁回去，但娜芙德根本沒認真在聽。

「請妳不要露出那種『哎呀真不坦率』的溫柔笑容，看了很刺眼。」

「哎呀，緹亞忒妳還真是可愛呢。」

「不是，就說了，不一樣就是不一樣啦！」

正當緹亞忒要進一步抗議時……

「——啊。」

她看到大型內燃運輸車橫越過廣場。

運輸車的載運平臺上，有十名以上威風凜然的武裝士兵。她還看到所有人的肩上都倚著槍身足足有手臂那麼長的大型火藥槍。

「那個是……」

「如妳所想，是去救出穆罕默達利博士的行動隊。」

她一回頭，就看到葛力克．葛雷克拉可舉起一隻手，「喲」地打了聲招呼。

「如果能在和平之下解決事情的話，那是再好不過的了。但是，萬一發生綁架犯抵抗的情形，沒有足夠的戰力就壓制不了——因為這樣，才會集結了那種重裝士兵。」

「這……」她啞口無言。

這種情況下所提到的綁架犯，根據之前談過的內容來看，應該就是指妮戈蘭了。原來如此，那確實不是一般士兵能夠制伏的對象，但是……

「哎，我知道妳想說什麼啦。對上那個妮戈蘭的話，就算加強了一點武裝也不會是她的對手，對吧？」

不，並不是這樣。不過，也不能說她沒有這麼覺得就是了。

「實際上，我們也有推測可能會和貴翼帝國的諜報員戰鬥。真是的，這世道開始動盪不安了啊。」

貴翼帝國。

說起來，那個黑山羊一等武官好像有提過這個名詞。那是將六號到九號懸浮島連鎖起來作為領地的貴族制國家。在懸浮大陸群至今以來的歷史當中，這個國家幾度進攻鄰近的懸浮島，但每次都被護翼軍壓制住。

「哦？意思就是，帝國可能會伺機搶走那個高大的老大哥嗎？甚至還不惜跟護翼軍槓上？」

「不能忽略掉這個可能性吧。聽說自從艾爾畢斯在五年前發生過暴動之後，貴翼和榆木就開始大肆牽制住對方啊。」

「哎！」

娜芙德抬頭望天。

「受不了，一個個都是這樣，就那麼愛跟隔壁的互找麻煩啊？」

「這個嘛，也不能這麼說啦。」

緹亞忒沒把他們兩人的對話聽進去，只是呆呆地望著運輸車離去。她一邊眺望，一邊翻找記憶。

她看過那些士兵所攜帶的火藥槍。

為了迎戰〈第十一獸〉，許多兵器被運到三十八號懸浮島。既有可能派得上用場的兵器，也有用法令人費解的兵器。在這些兵器裡混雜著一種最新火藥槍，是能夠對人造成最大殺傷力的攜帶型火器，而那些士兵所攜帶的就是這把兵器。沒記錯的話，開發名稱應該是「剜眼者（Pupille Gorger）」。

根據說明書的記載，這把火藥槍強化了近距離貫通力，甚至能貫穿較薄的牆壁。由於價格昂貴，難以管理，而且用處也不多，所以綜觀整個護翼軍也沒有配置多少數量。現在卻讓整台運輸車的士兵人人手持一把這種兵器。究竟是準備迎接什麼樣的市街戰呢？

這身行頭，沒錯，簡直就像是為了殺死單眼鬼這名奪還對象而準備的——

「——緹亞忒？」

「啊，咦，怎麼了？」

她回過神來。

「葛力克說我們可以再點一份當作等他的賠禮，妳要什麼？」

「啊……好的！」

緹亞忒拋開胡思亂想，轉而面對現實。所謂的現實，即是「添上季節色彩的軟綿綿奶油蛋糕」。

沒錯，這時候就先來享用美味至極的蛋糕，把討厭的想像都忘掉吧。

打定主意後，她便將視線從運輸車離去的方向拉回來，轉到菜單上。

5．鬼族的茶會

「……差不多可以放手了吧。」

菈琪旭看似難受地如此控訴著。

「不要。」

彷彿是個愛耍任性的孩子一般，女食人鬼——妮戈蘭——駁回了她的控訴。

妮戈蘭用手臂緊緊箍住菈琪旭，緊到不能再緊，而且絲毫沒有鬆手的意思。據說食人鬼的臂力連大熊的脊椎都能輕易折碎。既然現實中沒發生這樣的事態，當然就表示她並沒有用盡全力，但她看起來也沒有好好控制力道的樣子。

「之前聽說妳魔力失控陷入昏睡，再也醒不來了，害我大哭了一場。所以，我要妳把所有的眼淚都還給我。」

「昏……昏睡？……唔，好……好難……難受，骨頭……在嘎吱作響，快放開……」

「失禮了，妮戈蘭小姐。」

有人從背後輕輕拍了拍她的肩膀。
妮戈蘭半哭喪著臉轉過頭來。
「歐黛的弟弟。」
她用不太尊重的叫法稱呼他。不過，這當然是事實沒錯。
「我叫作費奧多爾・傑斯曼。之前因為一些原因，暫時擔任過類似菈琪旭小姐等四人上司的職位。」
「咦……哎呀？哎呀哎呀，所以說，管理那些孩子的尉官就是……」
「是的，一直到上週左右都是由我擔任。現在的話——除了菈琪旭小姐以外，應該都有接任的人了。」
他沒有說謊。只不過把「不當管理者的原因是因為他背叛了護翼軍，而菈琪旭在這裡則是被當作了逃兵」這一點完全瞞著沒說罷了。
「……那些孩子過得好嗎？有沒有給你添麻煩？」
「嗯，這個嘛……至少人都很好。」
他含糊地只回答了其中一個問題。
「……那麼，這位費奧多爾・傑斯曼前四等武官大人，你來這種地方是有什麼要事嗎？」

歐黛插進了對話當中。

「你應該看得出來我們現在有一點忙吧。喝完茶後，你能不能帶著她回去呢？」

「姊，我要把這句話的一半還給妳。我們是專程來見穆罕默達利博士的，不過為什麼連妳都在啊？」

「這是因為，我從貴翼帝國的諜報隊那邊偷到了幾個機密……啊。」

說到這裡，歐黛就將手放在額頭上。

「原來是這麼一回事。費奧多爾，你這次的情報來源，該不會是情報商納克斯‧賽爾卓吧？」

「……妳連那傢伙的事情都知道啊？妳說對了。」

「果然啊。他經常偷偷挪用貴翼諜報隊的調查紀錄來當作供貨來源。也就是說，他賣給你的情報和我們得到的情報，出處都是相同的。」

——哦，原來是這麼一回事。

原來也有討厭的重合之處。他頓時覺得頭痛了起來。

據說要員接二連三地遭到殺害。

這一連串的連續殺人事件成為情報封鎖的對象，被冠上「塗黑的短劍」這個外號，於暗中進行搜查。

經證實的犧牲者依序為岩將輔佐官、資深一等武官、奧爾蘭多貿易商會戰略顧問、科里拿第爾契綜合施療院副院長。

在調查中立刻就能發現到的共通點，當然就是他們的身分。每一個人不是在護翼軍裡擔任要職，就是過去曾擔任過要職。而且，他們都是與兵器「黃金妖精」的運用，特別是成體化調整系統的建構、改善和運用等方面有關聯的人。

只要查找現在留存於護翼軍的文件，就能知道這些事情。

然而，也只能知道這些事情而已。

桌子上擺著剛泡好的紅茶，以及盛滿盤子的餅乾。

「……事情已經演變到這個地步了嗎？」

費奧多爾將四顆方糖丟進一杯紅茶裡，然後一邊啜飲幾乎變成糖水的液體，一邊這麼喃喃說道。嗯，真好喝。

「明明才離開軍隊沒幾天，卻感覺自己完全與世界脫節了啊……所以說，雖然我不知道原因，但護翼軍推測下一個目標是穆罕默達利博士吧？」

歐黛微微點了點頭表示同意。

「憑目前為止的情報，你能知道些什麼嗎？」

「唔……嗯，就幾件事吧。不過，都在姊應該也能察覺到的範圍裡。」

「告訴我吧。我想知道現在的你有多少能耐。」

他稍微想了想。這時候將自己的內心考量說出來究竟具有多少的意義。該藏起來的底牌是什麼，該誇大的內容是什麼，該探的**口風**是什麼。

思考到最後——他覺得現在還是老實地說出來比較好。

真是沒辦法啊。費奧多爾輕嘆了一聲說：

「連續殺人案的凶手不是護翼軍，就是奧爾蘭多商會的高層。」

穆罕默達利吃驚地抬起蒼白的臉龐。

妮戈蘭差點弄掉紅茶的杯子——但勉強穩住了，她「咦、咦？」地來回看費奧多爾和穆罕默達利的臉龐。

歐黛感到無趣似的用鼻子「唔哼」了一聲後，說：

「推理的根據呢？」

「穆罕默達利博士被盯上性命，從這個推測來看就很奇怪了吧。不管是哪一邊的勢力，包括貴翼帝國都想要他，應該希望能在不傷其一絲一毫的情況下，得到這名身為調整技術最高權威的博士。這明明是再清楚不過的事情，軍方卻判斷博士可能會遭到殺害。這也就是說，軍方握有表明如此判斷的根據，或者是另有理由。」

他邊說邊拿起牛奶壺。

「再來，還有一件事。我來這裡之前，看到在街上徘徊的那些護翼軍的裝備，然後發現『剜眼者』是他們的標準裝備。」

在場眾人都一副不知道那是什麼的表情。

「那是縮短射程、強化殺傷力的大型火藥槍，專門用來擊殺生命力違背常理的種族。以對付貴翼帝國的諜報員而言，那種兵器的火力太過強大，並不適合。我聽說依據擊中的部位，連食人鬼都能轟成絞肉，所以他們的目標恐怕是……」

「騙……人……」

妮戈蘭睜圓了眼睛。這也是合情合理的反應。擁有正常感性的人，都承受不了直衝而來的殺意吧。

「要做出漂亮的絞肉可是很費工夫的！我討厭那種隨便的料理方法！」

「……呃。」

咦，什麼？她氣的是這一點嗎？

「我想，」穆罕默達利用微弱的嗓音問道：「應該只是因為小妮是作為綁架我的勢力而現身，所以軍方才緊急祭出因應對策吧？也許背後並沒有其他目的。」

「不可能的。妮戈蘭小姐從遭到護翼軍追捕起還不到半天吧？剜眼者不是那種馬上就能配置數量的武器。現在能理所當然似的拿出來的原因，就是他們已經預先準備好，以便時機一到就能立刻使用。恐怕──」

他看向鼓著臉頰的妮戈蘭。

「──對護翼軍而言，妮戈蘭小姐參與進來是很幸運的意外。這麼一來，他們就能光明正大地使用對付巨人用的兵器。比如說用快到不自然的速度處理緝拿妮戈蘭小姐的事宜，而且也沒有要看情況撤退的意思，像這些事情就能印證我的推測。換句話說，總結以上所述──」

他將紅茶一飲而盡。

「他們的真正目的，就是把用尋常方法殺不死的單眼鬼，偽裝成意外殺死。這個解釋是最容易理解的。」

眾人的視線集中在穆罕默達利身上。

「一開始，我以為是某個高層被抓到了瀆職的證據，而博士則是目擊者或協助者之類的，所以才想殺害博士以達到封口的目的。但是，就目前情況看下來，似乎並不是這麼一回事。」

費奧多爾說了句「既然如此」，繼續說下去。只要持續摧毀一個又一個的可能性，至少剩下來的選項會愈來愈接近真相。

「護翼軍是『與威脅到懸浮大陸群存亡者戰鬥』的組織。這其中不存在善惡的區別。也就是說，你，恐怕還要再加上被殺的那四個人，雖然未公開，但也被認定為那樣的威脅之一……這樣的話，現在這情況就說得通了。」

穆罕默達利一語不發。他再次低頭，巨大的肩膀重重垂下。

他的沉默比任何話語都要有說服力地，肯定了費奧多爾的推測。

「學長……」

妮戈蘭感到擔心似的喃喃說道。

啪啪啪！現場響起了不合時宜的鼓掌聲。

眾人的視線這次聚集到歐黛身上。

「大致上都答對了。真可怕呀，只要被護翼軍盯上，在懸浮大陸群幾乎是無處可逃了。即使像現在這樣在街上逃竄也是有極限的。就算離開了懸浮島，但光是這樣，還是沒辦法徹底逃離護翼軍的手掌心。」

那該怎麼辦才好呢？她微笑著微微偏過頭。

啊，原來如此。費奧多爾完全懂了。也就是說，他的姊姊是想將對話引導至這樣的方向。要想活命的話，只能逃到封閉性強的國家藏匿起來以躲過護翼軍的追蹤。然後，眼下有一個完全符合這個條件的國家，正摩拳擦掌地等待著回答——

「……可以讓我修正一下嗎？並不是整個護翼軍一致決定要殺我們，我想，這一定是『桃玉的鉤爪（Rosy Claw）』岩將輔佐官的指示。」

穆罕默達利像是甩開了什麼，又像是放棄了什麼似的，把頭抬了起來。

「可是，『桃玉的鉤爪』岩將輔佐官是……」

「沒錯，他是五人當中最先死掉的，經證實是連續殺人案的第一個被害人。依他的個性，肯定是吩咐過要按這樣的方式處理，然後才自殺的吧。最後的指令，大概就是想辦法找個理由把我們五人全都處理掉，不要讓調整妖精的技術留存在這世上之類的。因此——嗯，我終於做好覺悟了。在這之後，我會去跟護翼軍投降。」

「特地去送死？」

「我已經活得夠久了。一想到至今為止操弄過的那些生命，我簡直是活太久了。而且在最後也見到了故人的臉龐。現在，『桃玉的鉤爪』他們一定都在等我過去吧。」

「學長，你的覺悟……」

妮戈蘭聲音很冷靜，但聽起來卻像是扼殺了各種情緒。她問道：

「比阿爾蜜塔她們，比所有孩子的未來還要更加重要嗎？」

「…………」

在躊躇一會兒後，單眼鬼只是無力地別開臉。

妮戈蘭不再說話。面對那種可以稱之為無情的回應，她既沒有責備，也沒有質問。

「穆罕默達利博士。」費奧多爾的嗓音穿進沉重的氣氛中，問道：「我重新向您請教一下，您是在妖精和前世人格侵蝕方面的最高權威……這樣說沒錯吧？」

「在這世上本來就只有一人而已，哪有什麼最高權威呢……」

他喃喃說道，自嘲的意味顯而易見。

「我有兩件事情想拜託您。」

「不行。我說過了，我不能再執行妖精調整了。」

「我有聽說。但是，關於那方面的事情是我第二個請求。我想請您先答應我另一個請求。」

這是什麼意思——穆罕默達利感到納悶地抬起頭。

「依照剛才說的，我的理解是再次為妖精進行調整是禁忌。並沒有說已經調整完畢的成體妖精兵也全都要處理掉吧？」

「是……是啊。」

「那麼，拜託您，幫一名……妖精進行檢查。」

他的視線轉向妮戈蘭。

不對，是在她懷中（不知為何）筋疲力盡的少女。

「菈琪旭·尼克思·瑟尼歐里斯。」

被叫到名字的菈琪旭，疑惑地朝他看過來。

「我？」

沒錯，就是在說妳——他朝她點了點頭。

「她曾開過一次門，造成人格崩壞。然後不知經歷了怎樣的過程，她醒了過來，現在就像這樣能夠意識清醒地活動……但是，如果一直都不曉得原因，那我們也不知道這個奇蹟什麼時候會走到盡頭。在她的心靈還沒再次崩壞前，我想要設法做點什麼。」

「費奧多爾，你……」

「妳可別說什麼不需要啊，菈琪旭小姐。我已經聽膩妳們那種客氣話，再也不想聽到了。」

他看都不看一眼地將那道責難的聲音頂了回去。

單眼鬼直勾勾地看著費奧多爾，而費奧多爾也隔著墨鏡直勾勾地看他。

「這件事關乎現在人在這裡的女孩子的性命。若沒有觸及您的禁忌的話，拜託您一定要答應。」

「……說得也是。如果只是這樣的話，『桃玉的鉤爪』他們應該不會生氣吧。」

一股安心感在費奧多爾內心蔓延開來。

「不過，說到這個，雖然並非是代價，不過有一件事……沒錯，只有一件事希望你能幫忙。」

單眼鬼豎起一根粗手指。

「我恐怕不能再回到那個家了，但可以的話，我有東西不想留在那裡，想請你替我去拿過來。」

「……現在外面還有很多傢伙在徘徊……也包含某人的朋友在內。」

他用銳利的眼神瞪著歐黛，而歐黛則移開了視線。

雖然他的姊姊是帝國的協助者，但她並沒有打算把在這裡發現穆罕默達利一事報告給諜報員。這恐怕是因為他們自己人也在搶著立功吧，但這種狀況倒是正好。

「比起其他人，我覺得讓你去是最安全的。當然，我不會強迫你。」

費奧多爾沒有在這裡坦承自己正受到護翼軍追捕。原來如此，在穆罕默達利看來，費奧多爾這個人是在場所有成員當中，看起來最能夠自由行動的一個。

他瞥了一眼（依舊遭到妮戈蘭捕食的）菈琪旭，只見她聳了聳肩，一副隨他高興的模樣。

「這樣啊，我明白了。那麼，究竟要拿回什麼——」

「啊，等一下。」

忽然插進一道制止的聲音。

他不耐煩地看了過去。真是的，他的姊姊不管在哪裡都是不會看氣氛的姊姊。

「幹麼？我話先說在前頭，這是屬於我們之間的交易，姊妳別想干涉喔。」

「我沒有那個意思啦。既然外面還是很危險的話，你至少帶個護衛去吧。」

說完——歐黛朝客廳外輕輕拍了拍手。

「妳有在聽吧？快進來呀。」

門外傳來了某人動搖的氣息。

「妳再不進來的話，我就喊妳的名字嘍？這樣好嗎？」

門把轉動起來，只見門扉緩緩地被推開。現身在另一側的，是滴答一聲化為水滴掉落的夜空碎片——才怪，那是一個用黑色長袍和死者面具把全身藏得密不透風的嬌小人物。

「那是誰？」

「我個人非常重要的同伴……可以這麼說吧。這和帝國無關，不需要擔心會跟那邊扯上關係，也沒有人情債的問題。我只是單純不想讓可愛的弟弟獨自一人涉險罷了。」

一瞬間，客廳裡所有人都用充滿懷疑的眼神看向歐黛。

「……我早知道大家會這麼想了。」

歐黛露出無力的微笑，然後假惺惺地用聽起來很忐忑不安的聲音說：

「墮鬼族還真是辛苦呀，只不過是生來就是如此，卻在重要時刻，連家人之間的親情都會遭到懷疑。」

不，只是妳平時的行為造成的吧——費奧多爾用這樣的眼神看著歐黛。

咦，不是妳平時的行為造成的嗎——妮戈蘭用這樣的眼神看著歐黛。

嗯，只是妳平時的行為造成的啊——穆罕默達利用這樣的眼神看著歐黛。

菈琪旭用一副怎樣都好的模樣嘆了口氣。

唯有穿著黑色長袍的人物對歐黛的胡說八道沒有做出任何反應，只是靜靜地從死者面具下方，直勾勾地凝視著費奧多爾。

6. 菈琪旭

「——差不多可以放開我了吧？」

目送費奧多爾的背影離去後，過沒多久，菈琪旭便向依然緊緊抱著自己的妮戈蘭如此控訴著。

「妳應該有聽到吧？我的心靈似乎崩壞過一次，而且在此之前的記憶統統都忘光光了。呃……妮戈蘭小姐，這麼稱呼沒錯吧？我也完全想不起來妳是我的什麼人。」

「…………這樣啊。」

妮戈蘭的手指抓得更緊了。

「我知道妳在對名為『菈琪旭』的女兒傾注母愛，但對妳一無所知的我，並沒有辦法把這樣的愛當作是給予自己的東西而真心地收下。」

「這樣啊……說得沒錯。嗯，我知道。」

妮戈蘭的手抓得更大力了。

「那個，妳有在聽嗎？請妳放開我……」

「妳討厭我這樣嗎？」

菈琪旭一時語塞。

「那種事情……我……」

「看吧，妳是個非常溫柔的孩子。」

妮戈蘭的手又施加更強的力量。

她閉上雙眼，用彷彿是在哄小孩的聲音說：

「即使妳忘記回憶，即使妳失去回憶，即使妳不再是菈琪旭……妳依然是我重要的，並且肉質柔軟的孩子，這一點是不會改變的。畢竟……」

菈琪旭咬緊了牙根。

「差不多該停止了吧，妮戈蘭。」

歐黛用責備似的聲音說道。妮戈蘭轉過頭，鼓起了臉頰。

「……真是的，有事等一下再說。現在可是關係到這孩子願不願意再次親近我的重要時刻。要是被這孩子討厭的話，我可是絕對不會原諒學姊妳的喔。」

「我知道，所以我覺得該把這件事告訴妳比較好。」

「什麼事？」

「那孩子好像快不行了。」

原來如此，她說的確實沒錯。

歐黛的手指所指之處，也就是妮戈蘭的懷抱裡。只見橙髮少女的臉龐血色全失，頭顱軟軟地垂了下來。

「呀啊啊啊！沒……沒事吧，菈琪旭，還有意識嗎？能呼吸嗎？」

從宛如老虎鉗的鐵臂中獲得釋放的菈琪旭，一邊微微咳著嗽，一邊勉勉強強地答了聲「沒……沒事」。妮戈蘭這才放心地撫了撫胸。

「還真是熱鬧啊。」和門幾乎一樣大的單眼鬼從隔壁房間的門裡探出頭來。「已經做好檢查的準備了，菈琪旭小妹，過來這邊。」

「我知——」她咳了一聲。「……我知道了，馬上就來。」

菈琪旭微微踉蹌地站起身，往他那邊走過去。

「嗳，菈琪旭。」

她停下腳步。妮戈蘭看著她的背問道：

「只要妳認真催發魔力的話，像這種食人鬼的纖細手臂，應該簡簡單單就能抵擋住吧？為什麼妳要忍到自己差點暈倒呢？」

「——我忘了。」

菈琪旭只答了這麼一句，然後就小跑步地往隔壁房間跑走了。

門關上了。

背影也看不到了。

「嘻嘻，真的是……真的是很溫柔的孩子呀。」

妮戈蘭勾唇一笑，並微微垂下臉龐。

「明明已經不在了，明明已經改變了，唯獨那種個性卻還是如同往昔……這太犯規了吧。這不是害我搞不懂自己該開心好，還是悲傷好嗎？」

她笑著，同時有一滴水珠落在大腿上。

†

聽說，直到前幾天為止，這棟宅邸還是鳩翼族（Tourterelle）醫師用來開設個人施療院的地方。而這裡各式各樣種類齊全的器具，連同藥品都是歐黛騙來——收購下來的，將這裡當作藏身處之一。

這個地方滿足了給成體妖精兵做身心檢查所需的最低條件。

「她應該不可能預測到會發生這種事情吧，不知道她是抱著什麼想法準備了這麼多東西。雖然是老樣子了，但我是愈來愈不懂墮鬼族的腦袋都是怎麼思考事情的了。」

穆罕默達利一邊說著玩笑話，一邊用粗手指靈巧地夾起幾根試管。先是輕輕搖動裡面的液體，然後混合在一起，蓋上蓋子，再繼續輕輕搖動。

「那麼。」

只穿著內衣的菈琪旭問道。

「你有什麼事情想問我嗎？」

「為什麼妳會這麼想？」

穆罕默達利背對著她反問回去。

「那時候，你特地拜託費奧多爾跑腿把他支開的舉動有一點不太自然。所以我只是在想，你是不是要說一些不能讓他聽到的事情。」

「原來如此……嗯，的確如此，妳的推測沒有錯。」

他將幾支注射器排列起來進行準備。

「妳為什麼要幫那個弟弟——費奧多爾小弟呢？既然妳沒有記憶的話，應該也沒有理由要特別給予他協助吧？」

「是啊，理由大概有兩個。第一個，是**我被他灌輸了那樣的感情**。」

穆罕默達利停下手上的動作。

「我對他抱有的感情，怎麼想都很不自然，不知道是不是催眠術之類的。光是正常相處，就會對他感到愈來愈親暱。就算失去了記憶，但常識依然留著，所以我還察覺得出這是多麼異常的一件事。」

不過，他一定沒發現我已經有所察覺就是了——她小聲地補充道。

「難道說——是所謂的墮鬼族的瞳力嗎？」

「我不曉得這其中的原理喔，只是意識到這樣的結果而已。」

「可是啊，既然妳有被操控感情的自覺的話，應該可以做出抵抗吧，那麼——」

「第二個理由，就是我並不討厭被操控感情的自己。」

她在椅子上抱住一邊的膝蓋，把下巴抵在上面。

「戀慕之情並沒有對錯。在這世上，有的夫妻也是婚後才開始培養感情的吧？既然如此，肯定以灌輸的方式開始的戀情又有什麼關係？至少現在的我，對於這樣的心境感到很幸福。」

「——幸福？」

「是的，他需要我，關心著我。而我也需要他，關心著他。只要這樣就足夠了。當然，或許有其他更美好、更正當的幸福方式，但也不能因此就否定我現在所擁有的『幸福』。」

穆罕默達利一語不發地重新開始進行檢查的準備。

「我們妖精就如同一夜之夢。如果能在短暫的夢中抓住幸福，哪怕只有一個也好——這本身就是非常幸福的一件事。我不會要求別人的祝福，就算受到抨擊和否定也無所謂，像是『妳這根本不是真正的幸福』或是『妳該去尋找真正的幸福才對』之類的。」

「那種話——我不會說的。雖然是很想這麼說，但還是不會說的。」

他示意菈琪旭在小小的床鋪上躺下。

菈琪旭照做後，他就把注射器的針頭抵在她的手臂上。

「我對於之前的菈琪旭小妹妳有一點點了解。那是個坦率的乖孩子，總是在關心身邊的人……還因為這樣，一直把自己的幸福排在後面。她就是這種類型的孩子喔。」

針頭打進去後，藥劑被注入菈琪旭體內。

這是具有即效性的安眠藥。

「所以……無論歷經怎樣的過程，只要妳認為自己已經獲得幸福的話，我就會給予祝福。」

「謝謝你，醫生，你真是個好人啊。」

「經常有人這麼說，雖然這非我本意就是了。」

「哎呀，難道你更喜歡被稱作壞人嗎？」

菈琪旭的意識緩慢而沉靜地墜往夢鄉。

穆罕默達利說道：

「是啊，如果有人願意指責我是個罪人的話，也許我會感到輕鬆一些。」

†

穆罕默達利硬是將巨軀擠過小小的門，回到隔壁的客廳。

「奇怪，歐黛呢？」

「她說有事就回去了。看來她的這種地方也跟以前一樣沒變。」

從歐黛．岡達卡還是歐黛．傑斯曼時起，她就是這種隨心所欲，神出鬼沒的樣子。總是隨便晃進任何地方，然後又隨便晃走。

「那孩子呢？」

妮戈蘭反問道，而穆罕默達利看了一眼診察室。

「她睡得很沉。已經確認過是否為半夢半醒狀態，也注射了試藥。接下來的檢查要等她醒來才能做了。」

他沉著地這麼答道。

「——情況怎麼樣？那孩子還能活下去嗎？」

「現在什麼都不好說。而且，這件事等費奧多爾小弟回來再說吧。」

「這麼說……也沒錯，嗯，確實是這樣，對不起。」

妮戈蘭垂下肩膀，將紅茶倒在一個大茶杯裡。

穆罕默達利拿起這個茶杯，像是要把烈酒一股腦灌進喉嚨似的，將杯中物一飲而盡。

單眼鬼的味覺很遲鈍，原則上無法體會味道的奧妙。

「雖然不是要換個話題來代替，不過妳能不能陪我閒聊一下呢？有一件事我希望小妮能夠知道。」

「怎麼了，一本正經的。」

穆罕默達利清了清嗓子後說：

「那些孩子——妖精原本是來自迷途孩童顯現在外的靈魂，再擬似化身而成的存在。她們的精神狀態主導著肉體，然後，妖精在夢見徵兆後，精神就會逐漸遭到前世侵蝕。她們會開始遷出自己這個容器，交給自己以外的某個人，或過去存在過的某個人的精神。到這裡為止，小妮是知道的吧？」

她並沒有聽過清楚的說明。不過，之前從威廉和菈恩托露可那邊得知的一些片段資訊，跟剛才他說的並無矛盾。於是，妮戈蘭微微點頭說：「沒錯。」

「在遭受前世侵蝕之下，精神會產生變質。妖精是精神狀態主導著肉體的存在。所以，肉體會試圖發生變化，但又進行得不太順利。這時候的精神是和異物相互混合而扭曲變形，而肉體沒有那麼容易跟著轉變成扭曲的模樣。」

他說了聲「因此」，然後歎口氣。

「我們利用現代已失傳的，那支人族的祕傳技術『咒蹟（Thaumaturgy）』，強制將那些孩子的肉體拉回接近前世的狀態。這就是我們對那些孩子進行的『調整』的具體內容。」

咒蹟。妮戈蘭覺得這個名詞真是陌生。

但又好像在哪裡聽過。

記得好像是……沒錯，是之前聽威廉講過去的事情時聽到的。他當時一臉不甘心地說，自己沒有才能，不能揮舞高位聖劍，連簡單的咒蹟都不會刻印——

「調整技術的基礎，似乎是在數百年前由那名大賢者傳下來的。據說源自於諸神創造世界的祕術，是把模仿祕術其中一小部分的仿製物榨乾，其殘渣最後所成之物。雖然規模和極限不能與原本的祕術比擬，但那種能夠把物體的存在本身**改寫**的特性，確實和諸神的本領別無二致。」

至於大賢者為何知曉人族祕術，這就不清楚了——他輕輕聳了聳（特大號的）肩膀，這麼說著。

「當然，那個祕術也並非無所不能。能做到的大概就是強化肉體的模糊度，讓肉體可以跟上精神的變化罷了。純粹的妖精身體只能維持小孩的模樣，容納不了與大人相近的精神。所以，我們就促進那些孩子的身體變化，讓她們不再是純粹的妖精——」

「……咦？」

妮戈蘭愣愣地張大嘴巴聽著。

一股來歷不明的衝擊喚醒了往昔的記憶。

曾經有一名妖精。那是盡全速在斑斕炫目的人生中衝刺的可愛女兒，不對，是像妹妹般的孩子。

記得那孩子在五年前的那個時候——

——純化銀粉末的反應是陰性的。

——呃，這是什麼意思？

久遠以前的對話在妮戈蘭的腦海裡復甦。

穆罕默達利像是要打斷這段對話似的，繼續他的「閒聊」。

「我對菈琪旭小妹的血液進行了純化銀粉末檢查，結果是陰性。」

——純化銀是使用特殊的灰末來加工的銀，但產生變色反應的對象並非一般毒素，而是扭曲的死亡……簡單來說，就是用來檢測死靈(Ghost)和屍鬼(Ghoul)的藥劑。

她不可能忘記的。這正是妮戈蘭自己對那個孩子說過的話。而如今，穆罕默達利也正在向自己說著幾乎相同的話語。

「黃金妖精是死靈的一種。所以把她的血混合在試藥裡的話，本來應該會在瞬間染成黑色。然而卻沒有反應，既然如此，就只能得出一個結論了。」

——也就是說，妳現在不是黃金妖精了。

「也就是說，菈琪旭小妹現在已經不是黃金妖精了。這恐怕是將魔力催發到最大極限的結果吧，連肉體也受到遙遠的前世記憶主導，最終發生了巨大的變質。」

「那麼……那麼，該不會……」

妮戈蘭忍不住插嘴了。

她早已聽夠悲傷的事情，不想再因為斷絕的未來而低頭神傷了。因此，在感覺快被這種閉塞感壓垮的狀況當中，只要出現了光明的材料，哪怕只有一點點也好，她都會盡全力咬住不放。

「該不會，菈琪旭已經不需要再為妖精的壽命煩惱了吧？那孩子今後都能一直健健康康地活下去嗎？」

「這個嘛，她不會因為壽命而自然死亡，用來限制適用遺跡兵器幅度的安全閥也拆掉了。那些我們過去套在她們身上使其無法完全長大的鎖，全部都解除了。」

一股喜悅微微麻痺了妮戈蘭的內心。

因此，她沒有立刻察覺到。

穆罕默達利的聲音正在顫抖。

「使其無法長大？……套在身上的鎖？咦？這個意思是……」

「成體妖精兵是極度危險的兵器。處理上稍有閃失，就有可能變成威脅到她們本應守護的懸浮大陸群的存在。所以，我們堅持著隱瞞調整的技術至今，今後也必須繼續隱瞞下去不可——」

單眼鬼抬頭看著天花板，嘆了口氣。

「——她目前很穩定。但是，還剩下一個。再解除一道鎖的話，我想，菈琪旭小妹絕對會變成威脅懸浮大陸群的災禍的導火線吧。」

妮戈蘭茫然地聽著這番話。

「這件事，我只希望讓小妮妳一個人知道。」

7. 漆黑的同行者

費奧多爾的頭一陣陣地刺痛著。

從菈琪旭醒來的那天晚上起，這股微微的疼痛便始終如影隨形。要是因此妨礙到專注力的話，對於身為反叛者兼逃亡者的他而言，是非常不利的事情。

不過，現在已經好很多了。

只要別窺探鏡子，只要別看到**那傢伙**的臉，這股疼痛就不會惡化，能稍微緩和一些。他發現這件事後，就一直實行到現在。

遠處不知哪裡傳來了擴散開來的火藥槍聲。

護翼軍和貴翼帝國的諜報員展開遭遇戰了。雖然雙方都有追捕穆罕默達利博士的使命在身，但就算如此，他們也無法忽略彼此的存在。在街上搜索時狹路相逢的話，無論如何都勢必一戰。

「好近啊——遠離那邊好了。」

費奧多爾悄聲說著，然後把墨鏡拿下來放進胸前的口袋裡。

他維持蹲低身體的姿態高高跳起，從積層住宅的屋頂跳到隔了一條路的對面屋頂。他透過翻滾身體來緩解著地時的衝擊，接著就這樣悄無聲息地站起身奔馳出去。那些武裝集團的傢伙都在追蹤單眼鬼的去向。所以，對於這種單眼鬼絕對做不到的，宛如特技般的移動方式，他們自然不會多加警戒。

在費奧多爾身旁，有一個嬌小的人影默默地跟隨著他。

那人在黑夜中穿著黑色長袍，兜帽深深拉下，最後甚至還戴著奉謝祭的面具把真面目藏了起來。因為這樣，明明這個人確實就待在觸手可及的距離，卻讓他有一種被亡靈糾纏上的詭妙感覺。

（……都跟緹亞忒和菈琪旭小姐她們相處過了，現在才這樣想也太晚了點……）

不在場的真正亡靈在他腦海中一閃而過，不過他立刻就甩掉了。儘管他很擔心，儘管他很在意，但現在應該把注意力放在眼前的事情以及身邊的事物。

他在想，這個人究竟是誰？

光是身為姊姊的同伴這一點就非常可疑了，只是他決定暫且把這個問題擱到一邊。總之，這個人的身手非常矯健，即使費奧多爾用算是相當快的速度在屋頂上奔跑，這個人也能不落後太多地緊跟著他。

「可以把你的名字告訴我嗎？」

沒有回答。

「你應該不是聽不懂大陸群公用語吧？」

那個人搖了搖頭，似乎是聽得懂的樣子。

「你和我姊姊是什麼關係？」

那個人依然不回答。儘管費奧多爾自認是多才多藝的人，但最大的武器還是嘴上功夫。不論騙人還是被騙，前提是語言要相通才行。對於一個連對話都不成立的對象，他實在無法圓滑地應對。

——費多爾！

苦澀的記憶差點復甦，他馬上中斷回想。

「……斯帕達(Spada)。」

當下，他反應不過來這是誰的聲音。聽起來像是垂垂老者的沙啞嗓音，跟這個在他身邊奔跑的黑色長袍人的體型、身手都不相符。

他立刻想到一個知識。某個種族的諜報員會使用一種用來變裝的弱酸。那是故意造成喉嚨輕微燒傷以改變聲音的玩意兒。他記得自己之前看不知道哪本書時，就覺得這種文化看起來實在很傷身體。

「請叫我……斯帕達。」

那個人用被藥侵蝕過的嘶啞嗓音這麼說道。

刀劍（斯帕達）。顯而易懂的假名。那個人的公用語聽起來也有點奇怪，大概是怕被他從語調和抑揚頓挫察覺到出身，才做了些改變吧。

——哦，原來是這樣。

「你是栗鼠徵族（Squirrelanthropos）吧？」

「咦？」

他想起了另一個不知從哪裡讀到的知識。

據說九十幾號懸浮島的邊境，有一群否定文明而隱居的矮小少數民族。在他們的文化中，在家人以外的人面前暴露身分就等於靈魂受到汙染，規定樣貌、名字和聲音這些東西都要一輩子隱藏到底。

這一位……他？還是她？總之分不清性別的神祕人物可能就是如此。

「——我知道了，我不會硬去打探的，畢竟是規矩也沒辦法。」

「咦……咦？」

「雖然只是一種感覺而已，不過我大概知道你的出身了。你們絕對不能被家人以外的人知道身分，萬一被看到真面目就要自盡，是這樣吧？你放心好了，我是不會出於興趣就偷看的。」

「啊……唔，啊啊？」

身旁這個人……「斯帕達」？……只散發出有一點不知所措的感覺，然後陷入沉默。

應該稍微取得對方的信任了吧？

不對，就結果而言，不管姊姊的朋友怎麼看他都不是什麼大問題。但既然他們暫時要一起行動的話，就算只有現在這時候，他覺得彼此還是要互相理解到不至於待在一起會感到不快的程度。

「……那個。」

「斯帕達」朝他說話了。

「剛才那個女孩子是你的什麼人……呢？」

「剛才……」

他想了一下。

「你是說菈琪旭小姐嗎？」

「就是你這麼稱呼的女孩子。她是你的未婚妻還什麼嗎？」

什麼未婚妻。這個想法似乎太跳躍了。

「不，我們不是那種……幸福美滿的關係。該怎麼說好呢，應該是……必須補償的對象吧，就是這樣。」

「補償？」

「害她崩壞的人是我。汙染了崩壞後的她的人，也是我。所以——」

他到底在說什麼啊？費奧多爾察覺到這一點，便不再說下去。

「怎……麼了？」

「——不，嗯。沒什麼。」

他保持輕悄的腳步，在狹窄的圍牆上奔跑。雖然差點踢飛小盆栽，但在千鈞一髮之際勉強躲開了。來到圍牆的斷開處，他在夜空的襯托下用力一躍。

他險些踹到正在睡覺的貓咪。設法閃避後，小傢伙「嗚喵」地揚起抗議聲，他則微微低頭說：「對不起。」

「你是艾爾畢斯的……倖存者吧？」

那個人問了一個令人意想不到的問題。

為什麼他知道這種事情呢？費奧多爾一瞬之間感到納悶。接著，他當然立刻就想到箇中原由了。對方一定是從姊姊那邊聽到這種事情的。

「你要繼承國防軍的遺志……嗎？」

他發出類似用鼻子哼笑的聲音。

重新被問到這件事，多少有點難回答。

「這份大義要稍微往後延了吧。」

「……為什麼？」

「因為呢，我個人有一些無論如何都接受不了的事情。我想先把那些傢伙的如意算盤都破壞殆盡——」

費奧多爾壓低聲音，停下腳步。

他靜靜地抱住從後方跑過來的「斯帕達」，跟自己一同擠進旁邊的巷子裡。

「失禮了。」

他悄聲說著，視線移往巷子外。只見攜帶型投光燈的小小光芒正微微搖曳移動著，還可以隱約聽到交談聲。

恐怕是這座城市的自警組織在巡邏吧。不管被盤問的是正遭到護翼軍通緝的他，還是打扮一看就很可疑的『斯帕達』，兩者的處境應該都沒辦法用「晚上出來散散步」來蒙混過去。最好還是謹慎點行動。

光芒和聲音逐漸遠去，然後消失。

「走吧。」

也許是還在警戒著四周，即使費奧多爾放開了手，「斯帕達」還是暫時緊貼著他。不久後，他才溜地隔開距離，再度悄無聲息地邁步前進。

費奧多爾覺得他還真是個謹慎的傢伙。或許是因為他這樣的人光是被審問真實身分就必須一死了之，所以從他的背影，可以感覺到他對於潛藏在背陰處的生存方式相當熟稔，並且有其執著。

另外，還有一件事。

「……………？」

費奧多爾的手中殘留著不可思議的溫暖。

似乎有點懷念，似乎有點傷感，不知為何突然很想哭——就是這種令人費解的溫暖。

†

就隔著距離觀察下來的結果，這一帶好像沒有巡邏人員。話雖如此，也不能保證完全沒有監視者。從正面玄關進去的風險實在太大了。

他從隔壁宅邸的屋頂悄無聲響地跳到天窗上。

然後輕輕地在玻璃上割出洞口，把鎖打開後，便跳進了室內。

「斯帕達」毫不費力地從他身後跟上來。費奧多爾聽著背後傳來的細微衣服摩擦聲，同時出口詢問無意間察覺到的事情。

「你該不會有使用魔力吧？」

他感受到對方有些動搖的氣息。

「你看得到嗎？」

「沒，不是咒脈視那種，只是有這樣的感覺罷了。可能是曾經跟會使用的人相處了一段時間，鍛鍊出直覺了吧。」

「斯帕達」的表情依舊隱藏在面具下方，就這樣沉默一會兒。

「會一點……而已。」

原來如此，確實是這樣沒錯。費奧多爾對此沒有絲毫懷疑。

在見識過緹亞忒和潘麗寶使用的壓倒性力量，以及菈琪旭和蘋果展現的超規格力量之後，再看到**普通**的魔力使用者，會覺得那力量相當微薄，非常好分辨。

魔力是弱小種族用來稍微補足一點自身弱勢的小伎倆，在軍隊裡很多人都這麼說。而且就普遍而言，這個認知絕對沒有錯。只不過他碰巧認識的魔力使用者……黃金妖精格外與眾不同罷了。

「不要抱……太大的期待。」

「我知道啦。」

費奧多爾也不想讓他太過逞強，於是就在昏暗的光線中輕輕揮了揮手，結束了對話。

穆罕默達利．布隆頓的宅邸中，依然還是亂七八糟破破爛爛的模樣。畢竟沒有人回來整理，會這樣也是理所當然的。

沒有人的氣息。看來護翼軍和帝國那些傢伙的興趣已經不在這間宅邸上了。雖然可以至少留一個人下來監視，但在複數勢力已實際交火的現在，大家應該都認為用那種方式分散戰力是下下之策。姑且不談這個判斷是對是錯，從身為可疑人物的費奧多爾等人來看，這實在是不勝感激的一件事。

費奧多爾知道要找的東西在哪裡。二樓寢室的衣櫃上有個堅固的小盒子，東西就放在盒子底部的夾層中。他很慶幸自己是從樓上入侵這間宅邸的。如果從一樓走上來的話，就必須爬那個每一階都跟腰差不多高的樓梯了。

他很快就找到了房間。但是，現在開始才是問題。棉花從被撕裂的棉被裡飛舞出來，周圍一整片都是堆積起來的棉花。好幾件厚重的大衣也被人從背到腰割出一道巨大的裂痕，然後隨便丟在地板上。

小盒子看起來也被人用斧頭或其他東西打碎，掉在地板上。

而裡面的東西被內蓋卡著，還留在那裡。

「是這個嗎？」

他把東西撿起來，但光線太暗，他看不清楚細節的部分。雖然考慮過這麼做有風險，不過他確認窗戶和捲窗都關上後，便點亮了燈。手上紙片的樣貌變得很清楚。

這是一張老舊的照片。

中間映著的，是宛如小山般的單眼鬼。然後有兩個穿軍裝的少女靠在他的肚子附近。

（——咦？）

有一瞬間，他覺得其中一個少女看起來很像某個朋友。

（可蓉……？）

浮現在他腦海中的，是現在應該在三十八號懸浮島執行軍務，臉上有著開朗到不行的燦爛笑容的少女。

他眨了一下眼睛，把這個錯覺趕走。

重新仔細一看，便發現那明顯是別人。他之所以會覺得很像，大概是因為她這副開心地展顏歡笑的模樣吧。而且髮型好像也有一點像。大概就這樣而已。

照片裡的少女不管怎麼看都有十七八歲，比十四歲的可蓉還年長。再加上照片本身很老舊，單眼鬼看起來也稍顯年輕，可以推測這至少是二十到三十年前拍的照片。

他翻到照片背面，上面寫著應該是那兩人的名字。「納莎妮亞·維爾·帕捷姆」和「愛洛瓦·亞菲·穆爾斯姆奧雷亞（黃金蜜酒）」，這兩個名字他都沒聽過。也就是說，這兩人是和費奧多爾毫無關聯的陌生人。

把這裡翻亂的賊人大概也不認識她們吧。正因為這樣，在這個房間被賊人徹底破壞過後，照片現在依然還留在這裡。

（總之，任務完成了吧。）

接下來只要把這東西交給穆罕默達利，跑腿的工作就完成了。話雖如此，唯唯諾諾地聽命行事太無聊了。他決定現在來動手做幾個沒事先交代過的多餘準備，然後再回去——

「好驚人的……書量。」

他聽到「斯帕達」的喃喃自語聲，便再次環視著房間。

這裡並不是公共的圖書設施，而是一個人的私宅。而且，這裡也不是書房或倉庫，只是一間寢室而已。本來就不是專門擺書的場所，就算要擺書的話，應該也只會擺少少幾本而已，這樣比較符合原來的概念，然而……

（——確實是很多啊。）

看到散落一地的大小書籍，他再次如此想著。

種類乍看之下包山包海，但每一本書都是穆罕默達利博士鑽研過的——或是與他今後要進修的學問有所關聯。看了一遍周遭，就知道他有多貪婪地渴求新知，並且接下來也打算繼續追求更多知識。

壽命短暫的豚頭族傾向累積自己的知識和經驗，只考慮每一天的得失而活。而長壽的種族則完全相反，他們傾向多方累積，總是為了準備迎接明天而活。

他應該不會想死的。

他應該比其他短命的種族更害怕人生走到終點。

然而，他卻用那麼軟弱的表情打算接受死亡。

費奧多爾的心情變差了。

（——受不了，一個個都是這樣。）

「走吧。」

他倏然轉身背對房間，將視線扯離這裡。

他一邊感受著「斯帕達」從背後追上來的氣息，一邊在走廊上前進。

——他拿著一張照片回到了菈琪旭等人在的地方。

屋內有幾個人影消失了。

「咦?博士你一個人嗎?其他人去哪裡了?」

「菈琪旭小妹在睡覺。小妮……妮戈蘭小妹在旁邊陪她。」

穆罕默達伸出粗手指，指著隔壁房間。

「至於歐黛小妹，她晃到別處去了，不知道人在哪裡……是說，她現在也是這副性子嗎？」

不知道，他和姊姊已經疏遠五年左右了。費奧多爾沒這麼回答，只說：

「嗯……神出鬼沒就是我姊姊的興趣……」

果然是這樣啊？穆罕默達利說著搔了搔頭。這種解釋他都能接受，看來姊姊念學術院時的素行果然不堪設想。

「現在這樣，你要怎麼辦？」

費奧多爾回頭詢問時，「斯帕達」已經背對著他往走廊跑過去了。連道別都來不及。

不知該說真不愧是姊姊的朋友，還是該接受栗鼠徵族（推測）就是會想與人保持距離。

看著對方遠去的背影，他似乎快想起了什麼，心中一陣隱隱作痛。

然而，最終還是沒有想起任何具體的事物。

「……所謂的神出鬼沒，是會傳染給身邊的人的嗎？」

「我是沒有聽說過，不過身為親人的你一這麼說，我也覺得搞不好是這樣呢。」

不提這個了，現在有其他要緊事。

「在這張照片右邊的女孩子，不是可蓉吧？」

費奧多爾一邊將照片遞出去，一邊詢問這件事。

「哦，你說納莎妮亞啊？的確，這麼一說是很相似。」

穆罕默達利沒有一絲動搖，只是帶著懷念的表情這麼說道。

「成體妖精是直到現在才和幼體一起在倉庫生活的。照片裡這兩個孩子還在的時候，都是在這座城市的司令部活動。也因為她們是施療院的常客，所以我們相處得還不錯。」

據說，由於過去妖精的管理體制、運用狀況，以及最重要的，負責支援的士兵的裝備很老舊等因素，負傷的情況比現在還要多。每次受傷時，她們就會被送到綜合施療院接受治療。

這兩人感情非常好喔。穆罕默達利略顯落寞地這麼說道。

「——啊，不提這個了。菈琪旭小妹的檢查已經全做完嘍。」

他明顯地轉移了話題。

費奧多爾也沒辦法指出這一點。因為這件事本來就是正題，也是費奧多爾最應該優先知道的資訊。

「從結論來說的話，她很健康，精神也維持著高度的穩定。」

費奧多爾似乎下意識地露出了狐疑的表情，而穆罕默達利像是要補救似的說：

「不，我這麼說並不是為了暫時讓你放心，我說的都是真的。崩壞的複數人格確實變成了馬賽克畫的狀態。本來的話，無論何時加速崩壞都不奇怪，這也是事實。只不過，以她的情況而言，只要能夠繼續維持現狀，至少不會出現什麼必須在兩三天之內解決的緊急事態。」

「這是什麼意思？她身上到底發生了什麼事情？」

「人格之間的摩擦極小。這只是我的推測，不過，可能有某種效用相當於潤滑油的感情，滲透了兩者的意識表層吧。」

他實在聽不懂。

「簡單來說的話，嗯……『心靈合而為一』這個說法如何？在她們的腦海中，目前正如同字面意義上出現了這樣的現象。只要菈琪旭小妹和她的前世有一份共享的強烈感情，就能透過這一點讓人格相互削減的速度變慢。就像是兩個感情不好的人，因為有共通話題而聊得很投機，然後便決定不再互相傷害這樣吧……雖然這個比喻不太好就是了。」

雖然不了解具體細節，但可能是——穆罕默達利在這之後也繼續進行詳細的說明。然而，費奧多爾有一半都沒聽進去。

一個幾近肯定的假說占滿了他的思緒。

現在她的……她們的心中，存在著一份強烈到不自然的感情。他能想到的，就只有一個東西了。那天晚上，透過他的眼瞳灌輸進去的東西。與菈琪旭本來的意願毫無關係，一直在她內心盤據不去的異物。該不會就是那個吧？

「你怎麼了？」

他直覺地搖搖頭說沒事。

腦袋深處隱約作痛。

他反射性地皺眉，用指尖按住太陽穴——就在此時，放在屋內一角的小鏡子映入眼簾。

『——』

鏡子的另一端，是那個黑髮的傢伙。

他同樣擺出用指尖按住太陽穴的姿勢，一語不發地看著這邊。

臉上仍舊是那副耍人般的戲謔笑容。只不過，他的眼神卻筆直到不可思議地注視著自己的眼眸。

高興吧，你現在正站在你所期望的戰場上。

費奧多爾覺得那沉默的視線似乎這麼說著。

這裡正是她們所站立的舞臺，是反抗什麼、消滅什麼、戰勝什麼的地方，也是為了這一連串的流程而產生，並受到消耗的空間。這裡有興奮、榮耀、悲劇、幻想，以及現實。為了站在這個地方，你曾想要獲得力量吧？也曾因為無法站在這個地方，而感到痛苦吧？更曾因為要把某個重要的人送到這個地方，而傷心難過吧？既然如此，像現在這樣，用傷害自己的方式維繫住少女的性命，理應是你一直以來的希望，正是你的心願。

「……吵死了。」

費奧多爾對始終沉默的黑髮男子扔出這句抱怨，接著把內心隱藏在墨鏡之下。

被人看透的感覺不太好受。就算對方不過是幻覺，而且那些內容甚至是類似妄想的幻聽也一樣。

「在互不交集的路上前進，這才是——A」

-going separated ways-

1. 在那之後

從那一晚起，已經過了三天。

就某方面來說，這三天相當和平。

菈琪旭睡覺的時間變多了。根據穆罕默達利所說，既然是陷入破碎的複數人格摻雜混和的複雜狀況中，她的身體和心靈暫時都需要休息也是很正常的一件事。倒不如說，她以往都睡得太少了，或許是一直繃緊神經勉強著自己也說不定……一聽到這些，費奧多爾內心的歉疚甚至超越了擔憂。

籌措食材是由豚頭族負責的，而料理食材則是妮戈蘭的工作。雖然她嘴上說著「不知道合不合男孩子的口味」這種類似謙虛的話，不過她做的餐點超乎想像地好吃，根本無從挑剔。特別是運用到羊肉的各種菜色以及那細膩的調味，一想到緹亞忒她們從小就是吃這種好料長大的，甚至讓他感到很嫉妒。

而費奧多爾不分晝夜地持續在街上奔走。

豚頭族的人脈、財力、情報收集能力等，目前都在充分地運用當中。然而，光是如此還是有很多不足之處，再說還有各種不能委託其他人的暗中作業。到頭來，還是親自奔波、親眼目睹、親手實行才是最好的。

偶爾回到藏身處，一邊看著大家的臉龐一邊吃飯，然後再次外出。

他匆匆忙忙地開始籌措帶著穆罕默達利他們逃脫的計畫，以及**除此之外的準備工作**。

†

日正當中的陽光很暖和。

廣場的噴泉附近，有翼族的孩子正在餵鴿子。每次把碾碎的炒豆子撒出去，鴿子就會爭先恐後地不斷群聚過來。孩子們開心地笑著，再撒一次豆子，然後又有鴿子從某一片天空飛下來。

費奧多爾坐在四人座的長椅一端。

他把跟附近攤販買的葉菜羊肉捲（Wrapped Lamb）從紙袋裡拿出來，一口咬下。葉菜很軟，羊肉則有點冷掉變硬了。他聽說這是這座城市的名產才買來吃吃看的，但味道不太符合期待。

不過，反正所謂的名產就是這樣的東西吧。畢竟也沒有到難吃的地步，而且現在的他本來肚子就很餓了。他一大口咬下去，將剩餘的將近半塊吃下肚，再用三口把全部都吃光光。接著，他把剩下的紙袋捏成小球收進口袋裡。

「——你對那孩子施展了墮鬼族的瞳力吧。」

傳來一道聲音跟他搭話，而他並沒有嚇到。

他已經猜到對方差不多該來找自己了，也因此才會獨自來到這種地方。

「嗯。」

他點頭，視線往長椅的另一端移去，看見了以優雅的姿勢端坐著的歐黛・岡達卡——他的親姊姊的側臉。

「而且威力似乎還有一點強，不是嗎？」

這世上存在著形形色色的生物。像是會將體色融入周圍景色藉此隱匿身體的蜥蜴，或是在遭到捕食的前一刻會從身體裡放出雷電的魚類，還有放出惡臭讓敵人無法接近的鼠類等等。特別是那些會被大型野獸捕食的小動物，通常都擁有這一類的特技。

墮鬼族擁有的瞳力可能也算是其中之一。對於在極近距離下四目交接的對象，他們能施加心理暗示，降低對方的敵意與警戒心，讓對方一時之間產生錯覺，以為眼前的人是自己的好朋友。算是一種小小的催眠術。

並不是什麼很厲害的能力——與其這麼說，不如說得直白點，就是沒有用處的能力。

再說，使用條件相當苛刻。不僅要在極近距離下四目交接，當下四周也必須得是一片昏暗的環境，再加上雙方也要處於適度的高昂狀態。究竟要怎麼做，才能把一個立場敵對又提防著自己的對象拖進那種狀況中呢？而且，就算克服了種種條件，成功率也絕對高不到哪裡去。到底誰想使用這種力量啊？

條件與結果不吻合。真的非常不實用。

……費奧多爾長久以來也都是這麼想的。

「是啊，發揮出比我想像中還要強的威力了。」

現在蠱惑著菈琪旭心靈的那股力量，是沒辦法用小小的催眠術這種用詞就能夠形容的。很明顯地，這股力量讓她現在極度依賴著費奧多爾。

「也是，真不愧是我的弟弟，果然是天才呀。」

「行了，那種話就省省吧。」

「別這麼說嘛，讓我誇誇你呀。能夠盡情稱讚我這個笨弟弟的機會可是很少有的。」

「……我是說真的，省省吧。」

姊姊看起來似乎是真的感到很驕傲，他把視線從她身上收回來。

「妳有事情想說吧？拐彎抹角可不像妳的作風喔，姊。」

隔了一下子。

「你快把那孩子殺了吧。」

忽然之間，群聚在廣場的十幾隻鴿子同時飛了起來。

脫落的灰色羽毛沐浴在陽光之下，閃耀著七彩光輝。

「你應該隱隱約約察覺到了吧？那眼瞳的真正力量，並不是什麼有一點方便的催眠術。只是弱化的結果導致那種力量被那樣看待罷了，本質上完全不是同一種東西。」

歐黛平靜地這麼說道。

「交換自己與對象的心靈碎片，這才是我們的根源引以為傲的力量特性。」

「根源？」

「沒錯。過去的墮鬼族是人族跟敵性精神體……惡魔生下來的混血種。雖然在世代不斷輪替下，如今像這樣被肉體所束縛著，但起源是接近精神體的存在。」

費奧多爾覺得很意外。

墮鬼族的由來這個知識本身並沒有多令人震驚。墮鬼族是鬼族的一種，而鬼族是距今五百年以上經由人族變異，脫離種族框架的血統最終形成的種族。到這裡，雖然還不至於說是常識，但也算是廣為人知的知識。

只不過，墮鬼族是得到肉體的精神體這件事，他還是第一次聽說，也有一點感觸。因為，這和他所知道的黃金妖精的存在形式很類似。

「突破自己與對象的心靈邊界，進而融合在一起。這就是瞳力的作用。在規模很小的情況下，所造成的效果只是感覺到彼此心中有與自己相通的東西罷了……以結果而言，只會產生些許親近感。」

歐黛的聲音很僵硬。

「然而，如果交換的心靈碎片變多會怎麼樣？五感和記憶會開始混雜在一起，感情和思考的邊界逐漸模糊。雖然就各方面來說是很方便，但這當然是很危險的狀態。要是放著不管的話，你自己的人格可是會潰散消失的。」

費奧多爾下意識地輕輕嗤笑出聲。

「有什麼好笑的？」

「咦……啊，欸？」

她一問之下，費奧多爾才發現自己的嘴角是歪的。他用手摸了摸確認。的確，費奧多爾·傑斯曼臉上正在笑。

「……你之後會受到幻聽和幻覺所苦。一個人獨處時，也會看到自己旁邊有人，甚至能對話。而這就是步入末期的危險信號了。」

他掩著嘴，抑制住笑意。

原來如此，幻聽和幻覺是步入末期的危險信號嗎？這也是一樁傷腦筋的事情啊。

他施展瞳力的對象不是只有菈琪旭·尼克思·瑟尼歐里斯一人而已，還要再算上「死亡的黑瑪瑙」，也就是鏡子裡的黑髮男子。他對菈琪旭施展瞳力過後，大概沒有好好把力量收起來吧。在那片黑暗中，他與「黑瑪瑙」四目相接，八成就是在那個時候瞳力再次起作用，把兩人的心靈混合起來了。

「解除的方法很簡單，只要殺掉對方就可以了，因為無法跟失去心靈的人維持混淆的狀態。雖然多少要花一點時間恢復，但你能夠取回屬於自己的心靈。」

他沒什麼興趣地哼了一聲作為回應。

「這是姊妳自己的親身經歷嗎？」

他這麼問道。

「是呀。」

他得到了一個簡單的回答。

他覺得這真是諷刺的一件事。

心靈粉碎，人格混淆，然後自己的存在逐漸淡去，消失，化為虛無。

雖然起因和經過都不同，但這樣不就像黃金妖精一樣嗎？偏偏是發生在他身上，他是為了否定那些孩子的生存之道而展開行動，如今卻要朝向類似的結局邁出一步。而且，這股力量與這個現狀恐怕關係到現在那個菈琪旭小姐的性命。

事情變麻煩了啊。他這麼想著。

對於自身會消失的本能恐懼也湧了上來。他感受到一股強烈的失落感，彷彿整個人穿過了長椅和大地，直接墜往地底中。

然後，同樣地。感到喜悅的心情同樣確實存在於心中。

這股恐懼，應該和妖精所懷抱的恐懼是相同的。他覺得現在的自己，與在遠方持續戰鬥的她們的背影稍微拉近了一點。

他之所以會笑，也就是因為這個緣故。

「所以呢？妳是特地來給我忠告的嗎？」

「這個嘛，那姑且也算正題之一。我自認好歹是個溫柔的姊姊，還是會關心弟弟的身體的。」

哈哈哈，不愧是正統派的墮鬼族，能夠泰然自若地說出令人不禁想要相信的謊言。他也必須好好學習這種地方才行。

「另一個正題是這個。這次關於穆罕默達利醫生一事，我希望你能幫我。」

「我才不要。」

「為什麼？對妖精執行成體化調整不是你的目的嗎？那麼，你應該也清楚沒有其他條路可以走了吧？再這樣下去的話，他會被護翼軍殺掉的。」

「那還真是傷腦筋。」

「既然如此……」

「妳是要我這次把那些傢伙當作帝國的兵器用完就丟嗎？」

「……嗯，沒錯。而且這應該也是你所期望的事情。」

哦？他皺著眉催她說下去。

「貴翼帝國是很貪婪的，一得到有效的兵器，馬上就會拿來當作侵略的利器。如果是足以排除護翼軍干涉的力量，那就更不用說了。而且，這對你本來的目的來說也正好。你是打算『減少懸浮島數量』吧？」

「嗯，是這樣沒錯啦——」

他打了個呵欠

他絕對不是覺得這個話題很無聊，但接下來他想要聊些輕鬆一點的事情。

「……費奧多爾？」

「我想要稍微談談以前的事情。姊，妳記得瑪格嗎？」

他問道。

瑪格莉特・麥迪西斯。這是過去身為艾爾畢斯名門貴公子的費奧多爾的未婚妻之名。

兩人初次見面時，費奧多爾十歲，瑪格七歲。雙方家庭當然都希望他們能發展為男女關係，但當時這兩人完全沒有回應家人的期待。他們就像家人一般——像是小妹妹和負責照顧她的大哥哥的關係，慢慢地加深了感情。

「嗯——我當然還記得。」

歐黛點了點頭，嗓音似乎有一點僵硬。

「我不喜歡小孩子。稍微對他們溫柔一點，馬上就貼上來了。愛黏人，愛亂爬，愛纏人，還愛咬人。不管我內心在想什麼，他們都不在乎。」

「費奧多爾——」

「而且稍沒看住就不見了。連道別的機會都沒有。」

費奧多爾喃喃說道。

「真的很開心。對，沒錯，我承認喔。當時和瑪格在一起的時光都非常開心。明明是這樣，我卻想不起來最後一次看到她時，她是什麼樣的表情。連她是哭還是笑都不知道。」

他沒辦法好好說話。

就連應該融入聲音的感情都掌控不好。

「儘管如此，我還是以為我忘得掉。為了大義而戰，將姊夫未盡的功業正確地繼承下來，只要以這樣的方式過活的話，之後應該就不會再想起來了。但是……」

他歇了口氣。

「但是不行，我一直在重蹈覆轍。受到小孩親近，被黏住，被爬到身上，被纏住，被咬，有快樂，有喜悅，但是，我又沒看住了。蘋果不在了，連道別的機會都沒有。而且我同樣想不起來最後一次看到她時，她是什麼表情。」

他頓了一下，緩緩抬起頭看著天空。

「——所以，我已經不想再把她們送去任何地方了。」

「費奧多爾，你……」

「我知道我這樣講很荒唐，不合道理，只是因為一時感情用事而講出不恰當的話。這些我都知道。」

但是，儘管如此——

說到底，都是因為他自己為了理想而放話說要改變世界。

一度尋得自己心目中的理想後，便沒有辦法捨棄。

「所以，只要是打算把她們當作兵器的人，不管是護翼軍也好，貴翼帝國也好，更甚是她們自己也好，統統都是我的敵人。」

時間緩緩地流逝。

歐黛站起身來。

「我對你真是失望。」

「好巧啊，我也是喔。」

面對那冷淡的嗓音，他回以苦笑。

「我對你那種幼稚的理想沒有興趣。醫生就由我們帶走了，要是你想阻撓的話，我會毫不留情地滅了你。」

「想得美，我絕對不會把他交給姊你們的。」

費奧多爾也站起身來。

他背對著歐黛，邁開腳步——

「最後可以讓我問一件事嗎？」

他停下腳步。

在人臨去之際問問題實在是很卑鄙。這種話術是瞄準對話的緊張感解除的時機發動攻勢，藉此引出對象的真面目嗎——算了，無所謂。

「妳要問什麼？」

就算是這樣，他也沒什麼好困擾的，畢竟都已經對她坦白內心想法了。現在費奧多爾身上沒有什麼被挖出來會感到困擾的祕密。

「如果……」

不知是在演什麼，歐黛的聲音帶著躊躇的感覺問道：

「如果，莉妲妹妹還活著的話……你想再和她見一次面嗎？」

「啊？」

他覺得這個問題實在很殘酷。

有一種希望，是光是去假設、去思考可能性就會令人很難受。她的問題就是屬於這一類的。

「不可能見得了面的吧。」

費奧多爾誇張地聳了聳肩。現在兩人都背對著彼此，所以他也明白不管做什麼動作，姊姊都看不到的。

「那個她最喜歡的，陪伴在她身邊的，身為她未婚夫的溫柔大哥哥已經不存在了。如今沾染了些汙穢的我，到底有什麼臉去見她？」

「是嗎……這樣啊。」她感覺很落寞。「你們確實都會這麼說呢。」

你「們」。

費奧多爾不解這是什麼意思，便轉過頭。

然而，歐黛似乎沒打算再留下任何話語，她的背影早已遠去，即將消失在人群的另一端。

擅自繼續對話，又擅自結束對話，的確很像姊姊的作風。既不講理，又任性，不讓人看穿自己在想些什麼，而且腦子裡想的從來都不是什麼好事。她從以前就是如此，沒有絲毫改變。

「……嗯？」

他好像看到有一個長著翅膀的人走到歐黛身邊。

即使他想看清楚，但在眨完眼睛後，能看見的就只有擁擠的人群了。

「納……克斯？」

從翅膀作聯想，費奧多爾忍不住就吐出了鷹翼族（Falcon）友人的名字。

但這當然是不可能的。姑且不談他的副業，他的本業可是第五師團旗下的上等兵，現在人應該在三十八號懸浮島上被軍務壓得慘叫連連吧。

要說是精神混濁所造成的那種幻覺……應該也不對。他沒有對納克斯施展過瞳力，現在也沒有感覺到他在附近。或許只是精神鬆懈下來，讓他產生了錯覺吧。

「振作點啊我。」

他重新琢磨「與姊姊為敵」這個事實的重量。

所謂的墮鬼族，就是即使當了隊友也無法信任，然而一旦為敵就會變得危險至極。這一位姊姊不同於及格邊緣的費奧多爾・傑斯曼，是純正的正統派墮鬼族。他剛才對一名真的非常難纏的對手宣戰了，可不能再鬆懈下去。

費奧多爾用雙手拍了拍臉頰，提起幹勁。

2. 不相愛的兩人

一看到月曆，內心就愈發焦躁。

距離三十八號懸浮島開戰的日子，已經剩沒多少時間了。那一天到來的話，緹亞忒、可蓉和潘麗寶這三個兵器就會按原本的用途來使用。

在此之前，自己必須想辦法解決妖精倉庫的問題，然後把這件事告訴她們，讓她們抱持「就算自己不犧牲，學妹們也能平安活下去」這樣的肯定，顛覆原本根深蒂固的赴死覺悟。

因此……

「上次說的飛空艇可以搭了。」

從那個豚頭族美女口中聽到這個通知時，他差點要用撞破天花板的氣勢跳起來。

所謂的「上次說的」，指的就是走私船。比起費奧多爾來這座懸浮島時所搭乘的飛空艇，走私船更加注重隱蔽性。單眼鬼本來就很顯眼了，而且要是目的地被人知道的話，就沒有意義了。

也由於護翼軍在這幾天加強了港灣區塊的警備，所以耗掉了不少時間。但是，現在還來得及。只要還來得及，任何事都會有辦法的。他會想辦法的。

緹亞忒也好，可蓉也好，潘麗寶也好，莉艾兒也好，他絕對不會把她們送上戰場。

「所以說，我們可以準備動身了！」

他衝進房間，高聲這麼宣布著。

因為連日熬夜，他的情緒格外亢奮。穆罕默達利和妮戈蘭兩人都嚇得肩膀抖了一下，然後看向他。

「飛行的準備已經就緒了。我想在天亮之前出發，請你們做好準備。豚頭族會繼續支援我們，所以太重的私人物品麻煩抵達目的地後再重新採買——怎麼了嗎？」

他們兩人互看了一眼。

「沒什麼……原來如此，已經準備就緒了啊。」

穆罕默達利從特別訂製的椅子上站起來。

「費奧多爾小弟，我可以問你一個問題嗎？雖然我知道現在時機不對，但如果可以的話，我想趁現在確認你的想法。」

「什麼問題？」

「如果現在把懸浮大陸群的安寧與菈琪旭小妹一人的性命放在天秤上，你會選擇哪一邊呢？」

——什麼？

「這是心理測驗嗎？會說你有性壓抑之類的。」

「或許可以說是類似的東西吧，但不會有性方面的結論就是了。」

他想了一下。就只想了一下而已。

「我會選菈琪旭小姐。」

「……我想也是。不過為什麼呢？」

「理由有兩個。第一個理由，是懸浮大陸群的安寧這種東西都見鬼去吧。這世界還是受到更加明顯的威脅比較好，每個人都必須確實經歷過恐懼、受傷和備戰這些過程，然後學會戰鬥。否則，那些被硬推去經歷受傷和戰鬥的孩子就得不到任何回報了。我無法接受她們的努力得不到回報。這股憤慨已經深深植根在我心中了。」

穆罕默達利沉默著示意他繼續說下去。

「第二個理由，是我本來就不會捨棄菈琪旭小姐。把她傷得這麼深的人是我，所以我有義務讓她——」他在途中把「獲得幸福」這幾個字吞回去。「——不再受到傷害。這股決心也已經深深植根在我心中了。」

「這樣啊。」

穆罕默達利輕輕搖了搖頭。

「看來你是有性壓抑呢。」

「你剛才有說不會得出這種結論吧？」

「開玩笑的啦。不過，我了解你是什麼樣的人了。既然你有這麼一套明確的行動方針，嗯，那就不需要擔心了。」

穆罕默達利露出有點僵硬的笑容，砰砰地拍了拍他的背。他當然是有控制力道的，但感覺每一擊都具有足以打垮灰泥牆的威力。費奧多爾的後背痛得要命。

「我也決定好了，小不點妖精們的事情就包在我身上吧，我不會對她們不利的。」

「……博士！」

費奧多爾的喜悅之情溢於言表。這就是，這才是他一直想要聽到的話。

「小妮也覺得這樣可以吧？」

他轉頭詢問女食人鬼，而她用有點陰鬱的表情——她這些天幾乎都是這種表情，可能這才是她的本性也說不定——想了想後，點頭了。

「我知道，我會相信學長的。」

「我很高興喔。」

他們兩人的對話似乎有些沉重，甚至能感覺到一股悲壯的決意。然而，費奧多爾並沒有察覺到這一點。事態終於朝好的方向發展了，這份喜悅讓他無暇顧及到這些。

†

不論看見多麼耀眼的光明，謹慎周到的準備還是很重要的一件事。費奧多爾要親眼去確認從藏身處到港灣區塊的路徑。

在路途當中，無可避免地要從法爾西塔紀念廣場旁邊走過去。

「……不過，應該不要緊吧。」

這是非常知名的觀光景點。由於離港灣區塊很近，來來往往的人潮相當多。很多歌劇和映像晶石也都選擇此處作為舞臺。因為這個因素，對於熱愛羅曼史的人來說，這裡似乎是個特別的地方，不分種族的許多情侶都把這裡列為最棒的約會勝地。

（問題就在這裡啊……）

現在已經是深夜時分，太陽西沉，只有街燈發出的微光照亮著世界。除去部分夜行性種族，對大多數人而言，夜晚就是休息的時間。因此街上來來往往的行人減少了，對於他們這種要避人耳目行動的人來說正好有利。

然而這個地方似乎要屬例外。

就算乍一眼望過去，還是馬上就能明白。廣場的每個昏暗處都有醞釀著氣氛的兩人組。種族五花八門，有狗、貓、蜥蜴，甚至還看得到鴿子和鵰等等。他們明明晚上幾乎都看不到東西，前來這裡想必要歷經一番辛苦，卻為了度過充滿浪漫氣息的夜晚，做到這種程度也甘願嗎？

（他們好像也看不到周遭，應該不成問題吧。）

他在盡可能不去注意周遭的情況下踏進了廣場。

如他所料，不論哪對情侶都專注地凝視著彼此的伴侶，理都不理獨自一人走路的費奧多爾。沒錯，幸福這東西就是會蒙蔽視野，使人漸漸看不到許多事物。費奧多爾一邊在腦中想著這種彆扭的事情，一邊邁步前進。

法爾西塔紀念廣場的中央矗立著大賢者的雕像。

據說他是將許多在地表受到〈獸〉威脅的居民，帶領至懸浮大陸群的傳說中的偉人。現在也仍在大陸群的某處，關注著這個世界的未來走向。

「……既然如此，那就別只是關注，應該挺身好好守護才對啊。」

他發完這個牢騷後，立刻對此感到羞恥。

將守護的工作推給有能力的人，還認為這是理所當然的一件事，然後把損失的責任歸咎於守護者的能力不足或懈怠。這正是費奧多爾所嫌惡的傢伙的一貫思維。

任誰都有自己的理由，有重要的事物，有為此願意傾其一切奉獻出去的某種東西。而這種事情，其他人不知道也是很正常的。

自己打算做的事情該不會其實沒有任何意義，只是在質疑這個理所當然的世界所擁有的，理所當然的存在方式而已吧？他內心甚至還湧上這樣的想法，而且，由於他一直心不在焉地想著那種事情，等他發現時已經晚了。

「……咦？」

「……啊。」

就在他面前，有一名少女同樣抬頭看著大賢者像。
在漆黑的夜色中，那一頭明亮的嫩草色頭髮看上去好像在閃耀發光。
「怎——」
「為——」
他們都張大嘴巴，即將迸出驚呼聲——但又同時往前方一跳摀住彼此的嘴巴，才總算避免了這樣的事態發生。
他腦中一片混亂。他不知道為什麼緹亞忒人會在這裡。雖然不知道，但這個距離很不妙。緹亞忒看起來也是一身便服，沒有特別經過武裝。如果彼此都沒有武裝的話，他在搏鬥上不可能有勝算。
「妳——」他差點咬到緹亞忒的手指，便把她的手拉開。「妳為什麼會在這種地方啊？」
他不想變成眾目睽睽的焦點，因此小聲地這麼問道。
「那——」他的手指被輕咬了一下，好痛。「那還用說嗎？我是追著你過來的啊。」
緹亞忒那邊似乎也有相同的顧忌，她也降低了音量。

「……你這次又有什麼企圖啊？」

妳懂的吧。他這麼回答。

我是懂啦。她這麼回道。

「正好，我現在就告訴妳吧。我已經找到了穆罕默達利博士，而且他也答應幫助我了。妳學妹們的性命已經不在護翼軍的掌控之下了。」

「騙人。」

緹亞忒睜大了雙眼。

「咦，可是我聽說帶著那個大叔逃走的是妮戈蘭耶。」

「她現在也和我們在一起。事由我都知道了，而且她也願意幫助我。」

他鼓足勁繼續說：

「妳們已經沒有戰鬥或是赴死的必要了。不對，我會讓這些必要消失的。」

「……你真是個笨蛋，實在是蠢到無極限的大笨蛋。」

緹亞忒像是感到傻眼似的，又或者說是打從心底感到無言，嘆出了特大的一口氣。

「反正，事情就是這樣。」他的視線飄往其他方向。「你們必須聽憑軍方命令的理由很快就會消失，妳、可蓉、潘麗寶和莉艾兒都不用跟〈第十一獸〉戰鬥——」

「噓！」

突然之間。

緹亞忒飛撲了過來。

這是組合技的一種嗎？他全身反射性地緊繃起來，但與他預想的相反，緹亞忒的雙臂繞到他的背上，將他擁了過來，簡直就像是情侶之間的擁抱一樣。

「等等……咦……欸？」

「噓！」

由於他們彼此身高沒有差多少，所以現在就變成嘴唇貼在彼此耳邊的姿勢。緹亞忒的急促呼吸掠過了費奧多爾的耳邊。

「有人在巡邏。」

聽她這麼說，他便注意了一下周遭。的確，有幾個即將踏入廣場的氣息，而且每一個似乎都有佩劍，身上也掛著火藥槍。至少不像是來這裡和戀人享受幽會時光的模樣。

「護翼軍？」他小聲問道。

在法爾西塔紀念廣場裡，互相擁抱的情侶等同於背景。因為不會遭人起疑，所以這種當機立斷的小技倆可以說相當妥當。然而就算是演技，但為了偽裝甚至願意抱住一個不喜歡的男人，這究竟是怎樣？

「他們加強警戒了，神經繃得很緊，不會放過任何風吹草動。第一師團的方針和第二師團及第五師團不同，已經把你的通緝令發布出去了，空白處還寫著『負傷狀況不計』。你要是現在被抓的話，我想事情可能會有點不樂觀。」

「具體來說呢？」

「審訊室裡會發生不幸的意外。」

……這確實是有點不樂觀。

「妳覺得這樣好嗎？」

「不好啊，就是因為不好，我才會這麼做不是嗎？明明是為了抓你才來到這個城市的，現在卻在做幫助你逃走這種事。雖然我不知道自己到底在幹麼，不過，這也是沒辦法的事——」

有腳步聲。

在附近停住了。

費奧多爾暗叫一聲不妙，連忙將雙手繞到緹亞忒背上，就這樣有點用力地抱住她。緹亞忒不知是因為恐懼還是緊張，全身震顫了一下。

「抱歉，感覺對方好像起疑了。」

「我知道。」

他們現在變成了緊緊抱住彼此的姿勢。

他知道緹亞忒正在微微顫抖。雖然她裝作在開玩笑的樣子，但可以察覺到在她小小的身軀內，其實是在壓抑著恐懼。這個女孩子現在仍隸屬護翼軍，親眼見到護翼軍的現狀，而她這幾天下來，究竟都看到了些什麼，感受到了什麼，又在害怕什麼呢？

「太好了。」

他從緹亞忒這句小聲的話語感受到她的放心之意。

「你看起來很有精神。總覺得每一天都有不得了的事情發生，所以我有一點害怕，想著你會不會受了傷……會不會已經死了。」

「妳的意思是，能抓我的只有妳，絕不能讓給別人嗎？」

「不要開玩笑，我可是在講正經話。」

他被罵了。

「為什麼……你要做這種事情啊？」

罵完他之後，緹亞忒順便用說教似的口吻低聲說道：

「你明明就沒有多強，也沒有什麼一定要救我們的道理。為什麼你要做這種危險的事情啊？」

「我很強，而且救妳們的理由要多少有多少。是說，這類話題已經講得夠多了吧。再次確認彼此是平行線這種事情，我可不太喜歡啊。」

「但是……你也有可能會改變主意啊。」

「不會的。就算會的話，也只限於妳們先改變主意的情況下。如果妳們所有人現在立刻去提出改善待遇的訴求並且罷工的話，我也會改變我的做法的。」

「那個，我們是兵器，不是軍人耶。」

「不管哪裡的勞動法都沒有規定兵器不能罷工啊。」

別想說這是無理的狡辯。

兵器光是能夠自發性行動就很不正常了，而且她們是處於法外狀態。不在法律保護之下的人卻要受到法律束縛，這根本不合道理。

他稍微鬆開擁抱，用雙手捧住緹亞忒的頭移到眼前。

然後讓彼此四目相交。

「我就是看不慣妳們的生存之道。所有不珍惜妳們的事情都讓我很火大。妳們本身也不例外——」

耳邊傳來腳步聲。

正在接近。

是一名護翼軍士兵。不知道他只是碰巧走到這裡來，還是精準地懷疑起他們了。

必須偽裝成情侶才行。費奧多爾這麼想著。

眼前的緹亞忒的臉龐看起來似乎有些緊張。

她的眼眸動搖著。

「————」

他的嘴唇貼近了。

彼此的吐息交織在一起。

在這個極近距離之下，少女閉上了眼睛。

他不知道自己的身體做出了什麼樣的行動。

不知為何，他的腦袋一片空白。

「……你對我做了什麼？」

緹亞忒那像在鬧脾氣的聲音將他喚回神來。

只見臉頰微赧的少女一臉不滿地嘟起嘴。

「咦？奇……奇怪？我剛才……」

在短短數秒之間，身體脫離了理性的掌控。他的身體自作主張地跟隨著欲望行動。

「你知道這裡是什麼地方嗎？這是在法爾西塔紀念廣場的大賢者像前，傳說互相鍾情的兩個人在這裡許下愛的誓言的話，就能受到保佑，獲得五年的幸福。」

——這麼說來，他好像也有聽過這樣的事情。雖然很浪漫，但目前還沒有科學根據，所以應該只被當作是迷信那一類的東西。

「妳該不會很習慣這種事吧？」

「為什麼這麼說？」

「因為，妳沒有生氣啊。」

「又沒什麼……」她微微移開目光。「如果不是跟喜歡的人做這種事情的話，就不算數了吧。」

「這樣沒關係嗎？」

「不這樣想的話，我現在就想立刻把你掐死。」

好吧，就當作是這樣子好了。

說起來，這個女孩子——他想到了這件事——一直憧憬著學姊。那個學姊非常強大，非常完美，而且將生命燃燒在非常濃烈的戀情上。她應該也很希望自己能夠和某個出色的男性一起度過這樣的時光，然後在此處和那個人許下愛的誓言，細細品味五年間的幸福。

而這樣的夢想，大概在剛才被他玷汙了。

「菈琪旭過得還好嗎？你們在一起吧？」

她換了話題，費奧多爾則輕輕點頭應聲是。

「……只是感覺不太一樣了。」

「這樣就好，你要好好珍惜她喔。她這個人有一點怕寂寞，要是落單的話，她一定會哭的。」

她說到這裡，忽然像是想起了什麼。

「色色的事情要適可而止喔。」

她補充了一句很多餘的話。

「不會做啦！為什麼妳這時候要突然表現得很像體諒子女心情的父母啊？」

他低聲叫道。雖然很難，但他實在不吐不快。

「這是因為，雖然我不是她的父母，但我是她的姊姊呀。」

緹亞忒只比她早幾個月誕生而已。這一點小事讓緹亞忒昂首挺胸地引以為榮，並且也主張自己要有相應的愛的權利。

「如果有壞傢伙朝她伸出毒手的話，我當然不樂見。但是，我不會連可能是她所期望的事情都去干涉。妹妹的幸福是第一優先，其他事情我可以忍著。」

這也實在是用心良苦呢。

巡邏人員的氣息慢慢遠去。

他們放開對方的身體。一陣風刮過去，殘留在肌膚上的溫暖立刻消失無蹤。

只有嘴唇還隱約留著一瞬間的柔軟的記憶。

（——如果不是跟喜歡的人做這種事情的話，就不算數。）

如果要這樣的話，那就當作是這樣好了。然而，不管算不算數，這件事依然還是無法在短時間內忘記的。至少對他來說是如此。

……緹亞忒那邊的情況就不得而知了。

緹亞忒舉起了拳頭。

「絕對粉碎父愛之拳……」

這神祕的一拳揮得軟趴趴的，凝聚的力道看起來弱到連雞蛋都打不破，就這樣輕輕地戳在費奧多爾的胸膛上。

他當然不痛不癢。

「……果然是不行的啊，嗯。」

「什麼意思？」

「沒什麼意思，只是作過的夢而已。」

緹亞忒說出這個虛無飄渺的回答，然後視線看往不知名的遠方。

「好冷，我回去了。」

她邁開步伐。

「我剛才說的都是真的。妳們的學妹可以在軍隊以外的地方接受調整。妳們已經沒有必須勉強自己戰鬥的理由了。」

他追上去和她並排在一起。

「就算是這樣，但只有你一人這麼說也很難讓我相信，再說……」

一陣短暫的沉默。

「……再說什麼？」

「唔，沒什麼。比起這個，雖然這次放你一馬，但下次追到你時，我一定會把你抓起來的，給我記著啊。」

她伸出食指用力地指著他。

「……不好意思，我不會跟任何人約定下次再見。我已經做好這個決定了。」

他抓住她的食指，移到其他的方向。

「我管你要不要，老老實實地跟我約定下次要被我抓吧。」

緹亞忒哼了一聲，不知怎地講得好像很了不起一樣。

「妳啊，稍微仔細點聽人說話，尊重一下別人的決定好嗎？」

他們就這樣互相開著玩笑，往廣場的出口前進。

費奧多爾突然想起一件事。

就是之前提到的，互相鍾情的兩個人在這裡許下永恆之愛的誓言，就能獲得五年的幸福。

雖然他對於五年過去後，所謂的永恆又會如何流逝下去這一點有些許興趣，但重點不在這裡，而是那五年之間的幸福。他在想，不知道那具體來說是代表著怎樣的一段時光。

（最起碼——在那五年之間都不會上戰場然後大爆炸吧。）

如果這個解釋沒錯的話，那麼他剛才可能滿可惜的。只要用詭辯之類的硬掰彼此互相鍾情，再用演技之類的許下永恆之愛的誓言，緹亞忒不就能獲得幸福的五年了嗎？

（……不可能有這種事吧。）

他甩掉這些妄想。

「那下次見嘍！」

緹亞忒活力十足地舉起一隻手這麼說道。

「嗯，下次見……」

由於他腦內一隅還殘留著一點點的妄想，所以他反射性地舉起一隻手，約定再見的話語就這樣從嘴巴溜了出來。

他暗叫不妙，連忙用手摀住嘴巴，但已經來不及了。只見緹亞忒露出滿意的笑容後，直接轉過身，跑進夜晚的街道離開了。

「唉……可惡，中招了。」

他摀著嘴抬頭望天。她總是像這樣打亂他的步調，讓他沒辦法繼續維持自己所想要的那個自己。

「所以，我才討厭妳啊。」

†

那一晚，費奧多爾回到藏身處時。

屋內沒有任何人影。

他沒料到會這樣。難道是姊姊找上門來把人帶走了嗎？還是護翼軍闖進來把人綁走了？又或者是妮戈蘭把人吃掉了？

然後，他很快就知道以上全都不是真相。

有一封信擺在桌上，正面用優美的字體寫著「給費奧多爾」，背面則謹慎地印有蠟封，代表還沒有人開過這封信。

費奧多爾用拆信刀把蠟封割開。

接著拿出裡面的信紙瀏覽一遍。

『致費奧多爾．傑斯曼先生——』

這幾個字的字體小巧娟秀，不知道用那個巨軀和粗手指要如何才能寫出這種字體，總之這封信的內容從這段文字開始。

『剛才所說的話並非虛言。為了妖精倉庫孩童的未來，我們打算去做我們力所能及的事情。感謝你迄今為止的誠意與善意。並且，希望你能夠在適合你的戰場贏得勝利。』

他重讀了好幾次，但信的內容和文意都沒有絲毫改變。

就算打開窗戶看看街上，當然也沒有看到那個龐大的背影。

「是嗎……他們採取了自己的方法啊。情況都進展到這一步才來這招，讓我有一點意外啊。」

他背靠著牆，失望且疲憊似的喃喃說道。

這樣的發展並非完全在他的預料之外。不過，正因為到目前為止的路程都走得很順暢，所以他也確實希望這條路能夠盡量安安穩穩地走到最後。

然而實際上，穆罕默達利依照自己的意思開始行動了。他不再任誰拉著自己，老是因為罪惡感而顫抖著縮小身體……不對，還是很大。至於改變他的原因是什麼，費奧多爾無從知曉。

「真沒辦法啊……」

無論狀況產生什麼樣的變化，他的目的始終如一，該做的事情也沒有改變。不管怎麼說，他剛剛才對緹亞忒打過包票，說已經確定那些妖精學妹不會有事了。他不想，也絕不能讓這句話變成謊言。

看到菈琪旭平安無事地在隔壁房睡覺後，他稍微鬆了口氣。雖然他完全不認為那兩人會加害這個女孩子，但還是有可能會把她帶走。既然那兩人沒這麼做，就表示他們接下來有某種程度上挺身涉險的打算。並且，今後……或者只是短期內……要把這個女孩子托付給費奧多爾．傑斯曼這樣吧。

「感謝你迄今為止的誠意與善意……嗎？明明都活那麼久了，也跟我姊打過交道，真是個不懂世間險惡的大叔啊。墮鬼族的誠意與善意哪有可能是真的。」

沒錯，這樣的發展並非完全在他的預料之外。像是遭到背叛、估算失誤和計畫失敗這些事情，他不可能沒有列入計算之內。因此，他當然已經準備好下一個手段了。

這是為了因應沒能順利從這座城市逃脫的情況下，所準備的次善之策。

這個狀況還不算最糟。儘管他沒有自信能進行得很順利，但只要妥善行事的話，一定能得到很大的回報，甚至比脫逃計畫成功還要來得更加豐厚。不過老實說，他真的沒有自信能進行得很順利，內心也是冷汗直流。

是的，既然沒辦法逃脫的話，該走的路就只有一條了。

據說五百年前，遠在下方的地表開始遭到毀滅。

人族滅絕，古靈(Elf)滅絕，土龍(Morrighan)滅絕，龍(Dragon)滅絕。在此之後，非屬以上的其他種族也想盡辦法活下去，繼續苦苦掙扎。在這當中，還是有許多生命消逝，許多種族消失。

即使被指引了通往懸浮大陸群的道路，情況也沒有受到多大的改善。毀滅依然如影隨形。無論是誰，一旦停止為求生而掙扎的腳步，在那個瞬間，死亡使者那骨瘦嶙峋的手就會搭在其肩上。

不論是誰，現在都在這樣的世界裡生活。

不論是誰，現在都在這樣的世界裡掙扎。

他斜眼看著玻璃窗上映出的那個黑髮青年。

由於角度不好，他看不到他的表情。

因此，費奧多爾勾起嘴角，自顧自地笑了。

「**挺身應戰，把一切都奪取過來。**」

他立定決心，說出了自己的使命。

3. 交纏的兩名少女

原本朦朧的意識忽然清醒了過來。

與此同時，混亂占據了她的身體。

這裡是哪裡？

我是誰？

環顧四周——映入眼簾的是陌生的場所，應該說，這是個連用場所來稱呼都不知道對不對的地方。從前後左右到上方，都是一片無邊無際的無明黑暗。在這片黑暗中，四處都散落著某種類似白色陶片的東西。那樣的白色會依據角度的不同，變幻為七彩的顏色。在這個完全找不到一絲光源的世界裡，不知為何只有那些東西看得相當清楚。

而看樣子——**她**所站立的地方，就是那些陶片中的其中一塊。

純白狹窄的平地，占地約莫有一間宅邸的大小。

「這個……是夢吧。」

她肯定地喃喃說道。這幅景象實在太偏離現實，也因此才是一個明顯易懂的清醒夢。

她有很多在意的東西，不過她打算先把掉在腳邊的一塊陶片撿起來看看，於是伸出了手，指尖碰觸到陶片。

——菈琪旭，快點快點，快過來呀！

她反射性地縮回了手指。

她聽到了聲音。不對，是腦海中重播了情景。她好像看到有著嫩草色頭髮的稚嫩少女，在森林中不斷揮著手。剛才那是什麼？就算她想要知道這個問題的答案，剛才碰觸到的那塊陶片已經在她面前如同沙子般坍塌，被地面——應該說是腳邊的其他陶片——給吸了進去。

她觸碰另一塊陶片。

——咿嘻嘻，先搶先贏啦！

她看到另一名稚嫩的少女大張著嘴咬下一口麵包。

她觸碰其他陶片。

——哈哈，這種反應也真的很有妳的風格。

又有一名稚嫩少女一臉開心地奔跑。視野隨著她的背影追逐，同時有小小的拳頭出現在視野角落。

下一塊陶片……她在觸碰前就收回手了。

她明白了幾件事。這些全部都是「菈琪旭」的記憶，是名為菈琪旭·尼克思·瑟尼歐里斯的妖精兵，從小時候開始累積起來的時光。在記憶中見到的緹亞忒、可蓉和潘麗寶這些少女，都是菈琪旭的重要朋友、家人、同事以及夥伴。

「菈琪旭·尼克思·瑟尼歐里斯……嗎？」

這應該是她的名字。當沒有名字與過去的她蹲在雨中時，向她伸出手的費奧多爾把這個名字告訴了她。而且，在那前後遇到的其他人，也都是用這個名字來稱呼她——不對，是稱呼這具身體。

她就是菈琪旭，只不過是因為過度催發魔力導致失去記憶（似乎連個性都有小小的改變），她依舊是過去如此被稱呼著的妖精兵，這個事實不會改變。她一直這麼相信著，也很想這麼相信。不知費奧多爾知不知道她的內心想法，他也始終把她當作菈琪旭來看待。所以，她才能放下心來。

然而，如果這個認定是正確的，那麼，親眼看到那個「菈琪旭」的記憶時，為什麼她完全沒有一絲懷念的感覺呢？簡直就像是在看陌生人的日記一般，心中湧起的只有罪惡感，怎麼會如此。

「大概……是我多心了吧。」

她環顧四周。

可能到目前為止只是連續發生了不好的偶然而已。她看到的記憶，都剛好跟現在的自己難以連接起來，所以才不太能理解。只要找找看的話，一定會有記憶可以讓她切身感受到這就是自己的過去。她如此相信著，然後張望四周。

「……那個……是……」

找到了。

有一塊格外大的陶片在稍遠處浮著。而且恰恰有幾塊頗大的陶片連成了一條類似樓梯的道路。雖然多多少少需要用到比較高難度的動作，但也沒有展開羽翼的必要。

她看到那塊陶片後，不知為何就知道那和其他陶片、其他記憶不同。她可以肯定觸碰到那塊陶片所甦醒的過去，一定和自己這個人格有直接關聯。

她正要走過去靠近它——的瞬間，袖子被拉住了。

轉過頭後，她看到一個閃耀著光輝的模糊人形。

她瞇起眼睛確認對方的模樣。人形的身高很矮，頭髮的顏色——雖然本身在發光，不太好辨識，但應該是明亮的橙色。年紀大概十五歲左右，而且總感覺有在哪裡見過，應該說，那就是她這幾天每天早上在鏡子裡看到的臉龐。

「……菈琪旭。」

她坦率地叫出了那個名字，坦率到連她自己都嚇了一跳。

光芒變弱。

一個表情似是感到傷腦筋，又似是在害怕什麼的少女顯露出樣貌。她看起來既溫柔又脆弱，給人一種很想保護她的感覺。不過，卻也能感受到她身上有著不可思議的包容力，令人覺得周遭的每個人一定都是反過來被她保護的。

「沒錯，就是妳。」

她肯定這個女孩子就是菈琪旭．尼克思．瑟尼歐里斯本來的樣貌。是費奧多爾珍視的那個人，緹亞忒、可蓉和潘麗寶親暱共處的對象。而且，她和站在這裡的自己多半是不同人物。以客觀的角度將這副樣貌當作別人來看之後，就能夠清楚明白這一點。

她接受了這件事的同時，看了看眼前這名少女似乎感到很悲傷的表情。

「……為什麼是妳露出這種表情啊，真是的。」

想哭的應該是她才對。這個「她」，這個沒有菈琪旭的記憶也毫無關聯的「某個人」，現在又再次失去了一切事物，包含名字，包含從別人口中聽到的過去……甚至連受到費奧多爾珍視的理由也沒了。

他應該知道這些事情吧。還是說，他也不知道呢？不管是哪一種，她都不會感到驚訝，但不管是哪一個都讓她覺得很落寞。

「好！」

明白這些之後，接下來該做的事情當然已經決定好了，就是去確認那塊毫無疑問一定跟她有關聯的陶片內容，讓自己覺醒。然後，她就能堂堂正正、抬頭挺胸地以自己的姿態站在他面前了。

就在她打算前進時，她的腰被用力抱住了。

——不不不不行，妳不可以過去啦——

她感覺自己好像聽到了這樣的聲音。

「哎，夠了，放開！為什麼妳要阻撓我啊！」

她壓住菈琪旭的頭想把她扯開，但菈琪旭抵抗的力氣比想像中還要大。

「這有什麼關係？我啊，跟妳不一樣，是一無所有的人。如果菈琪旭是妳的名字的話，那我甚至連自己的名字都沒有了。」

要說她內心有什麼強烈情感，就是對費奧多爾的信賴了。但就連這個，都是他用自己的能力灌輸到她這顆近乎空白的心靈裡的。這樣一來，比察覺到這股信賴前更早擁有的情感……真正從一開始就存在她體內的，就是那股無處可消解的憎惡之火了。

無論什麼都行，她想要拿回可以帶著自信說是自己的所有物的東西。

「抱歉了！」

她竭盡全力地甩開了菈琪旭。

接著，她狂奔起來，把好幾塊陶片當作踏板跳上夜空，一口氣接近目標的陶片，朝它伸出手。

——不行——

她不理會背後傳來的制止聲，不對應該說是意念，然後——

『熊熊燃燒的火焰』

那個從指尖流進了體內。

「咦……」

和剛才為止沒有什麼不同，指尖觸碰到的陶片失去形狀，化為過去的記憶溶解了。要說有哪裡不同的話，沒錯，這並不像在看別人的日記，她甚至能肯定這毫無疑問是自己原本擁有的東西。

『悲鳴不斷』『看不到星子的黑暗』『燒燬的遺骸』『後悔』『憎惡的眼神』『強烈的祈禱』『不可取代的目的』『無明之夜』『曾為摯友的她』『纏上腳踝的無數隻手』『沒有傳達到的祈禱』『不被理解的願望』『邊笑邊燃燒墜落的孩子們』『掉落深不見底的洞穴』『單眼鬼在喊叫著什麼』『在耳畔迴響的聲音、聲音、聲音』『最古老遺跡兵器的一擊』『想要歸返的強烈心情』『無邊無際的灰色沙漠』『織光的第十四獸』『心在燃燒』『燃燒』『燃燒』『燃燒』

彷彿決堤一般湧進——不對，是從她的內側復甦了。那是一塊塊如斷片般，不知是否該稱之為記憶的模糊意象碎片。那龐大的數量再加上彷彿要沖洗自我一般的勢頭，朝她席捲而來。

她馬上就後悔剛才為什麼要無視菈琪旭的忠告了。菈琪旭是知道的，在那個陶片裡的絕對不是什麼好東西。

她扭頭看背後。只見菈琪旭露出彷彿隨時都要哭出來的表情，正要往她奔跑過來。

對不起。雖然她腦中浮現的是這三個字，到了嘴邊卻是『不斷迴響的祈禱聲』『交纏的指尖』『將被捆起的願望束縛之物』『被暴風雨的雲吞噬』『墜落沉沒』『沉沒』『沉沒』『沉沒』——

†

——她睜開眼睛。

心臟跳得飛快，像是隨時要破裂一般。

「……我……」

她隔著襯衫按住胸口，拚命地調整呼吸。

「我這……」

呼吸和心跳都隨著時間一點一滴地平復下來。

但是，唯有內心的混亂沒有那麼簡單消退。

「我這……究竟……」

那個意象的奔流到底是什麼呢？如果那個真的就是她過去的記憶，那麼，「過去的自己」又是什麼樣的傢伙？究竟是好的、壞的、有害的，還是……

在只有兩人的餐桌上。

「我可以在你身邊待到什麼時候？」

她向費奧多爾這麼問道。

這是她目前為止從來沒問出口的第一個疑問。

少年偏起頭，神色複雜地想了良久。

「直到妳對我感到厭煩為止吧。」

「也就是說，直到死亡將我們分開，是嗎？」

「啊……呃，如果照字面意義解讀，不追究背後涵義的話，就是這樣，知道嗎？」

他在害羞。

這個表情出乎意料地可愛，她不禁嗤笑出聲。

她有個強烈的想法。這個人非常珍視菈琪旭·尼克思·瑟尼歐里斯，所以她也受到了珍視。他支持著她，也讓她支持他。

她覺得坦率地為此感到高興，接納這樣的事情也無不可。只要她真的曾是被稱呼為那個名字的少女的話。

「…………」

的確，在夢中接觸到的那個她，感覺和這個少年是很登對的。那是個適合愛人也適合被愛的女孩子。費奧多爾這個人從各方面來說都很不坦率，所以她真的非常適合當他的伴侶。

反觀自己。

把那種東西隱藏在體內的自己這種……怪物，又是如何呢？

「你不覺得我很危險嗎？」

「我知道啊，但事情都到這一步了。」

他爽快地答道。

他是發自內心這麼覺得的吧。他可是不僅沒有遠離有爆炸危險的妖精兵，甚至還帶著她來到這裡，因此他說的話沒什麼好懷疑的。當然，他腦中所想的「危險」的具體內容，應該和她所恐懼的東西是不一樣的，但也不能因為這樣就推翻他心中的愛以及其寶貴性……她是這麼覺得的。她想要這麼覺得。

「菈琪旭小姐？今天早上發生什麼事了嗎？」

「不，沒什麼。」

她搖搖頭。

「穆罕默達利博士他們展開行動了。從現在開始，長久以來被視為祕密的東西應會接二連三地被揭開，我們也會變得有點忙碌。如果妳的身體狀況不好的話……」

「就說了沒什麼啦，太過糾纏不休的男孩子可是會被討厭的喔。」

「唔。」

雖然費奧多爾也不可能真的會擔心自己被討厭，但不管怎樣，他還是把更多追問的話語吞回喉嚨裡去。

沒錯，現在就依賴著這個少年的溫柔吧。

他想要的應該是菈琪旭。但是，事實是現在待在這裡的人是她。直到被他拋棄時為止，她都會站在他身邊，成為他的助力。

自己一定是個罪人，光是存在著就該受到責難。所以事到如今再多加一兩條罪名也無所謂。沒錯，現在頂著菈琪旭．尼克思．瑟尼歐里斯這個名字的少女，暗自在心中下定了決心。

「沉默的死者與高談的生者」

-the previous night-

咒燃爐的低鳴一路傳到了位於遠處的這間房間。

對於附近村莊的居民而言，這可能會輕微地干擾到睡眠吧……艾瑟雅．麥傑．瓦爾卡里斯心不在焉地想著。當然，現在幾乎沒有什麼附近村莊的居民了，所以這種擔心多半是不需要的。

從小窗子仰望的夜空中的月亮，被模糊的傘遮擋住了。

「……到底是什麼呢？」

她推動輪椅轉向室內。

高位作戰室。在設下多重防間諜手段的這間小房間裡，只有艾瑟雅與客人兩個人而已。如果把一直在睡覺的**某人**算進來的話，應該可以說是三人。

「沒辦法——啊，什麼都看不到。」

房間中央擺著一口棺材。

一名長袍女性打開棺材蓋，緊盯著裡面的遺體之後，抬起了頭。

可以看到她那雙銀色眼瞳正發出妖異的光芒，然後光芒慢慢收斂，最後在溶解於昏暗之中。

「連銀瞳族的瞳力也沒辦法看穿嗎，之所以會這樣，是因為被封印住或者受到阻撓這一類的嗎？」

「不，我們的木片魔法……戰術預知本來就是追溯因緣，將未來之事拉過來讀取。而面對沒有未來的死者時，通常根本就用不了。」

「這個人姑且也曾自稱過是〈獸〉，不能像預知〈深潛的第六獸(Timere)〉襲擊一樣嗎？」

「很抱歉。」

女性撩動寬鬆的長袍，彎下腰道歉。

「不，該抱歉的是我們，害妳白花了力氣大老遠來這一趟，明明讓妳做了穿過五號懸浮島的封鎖到外面這種亂來的事情——」

「……只不過，有一件事。」

女性忽然垂下頭，用那雙銀瞳再次俯視著棺材裡面。

「嗯，是什麼呢？這個人的睡相確實是滿好看的，不過我可不推薦迷上他喔。因為就各種意義而言，這都是一條險路呢。」

「不，並不是這樣。與其說是看到，不如說是總有一種感覺……」

該說？還是不該說？這份猶豫讓銀瞳族一度閉上了嘴。

「請告訴我吧。」

「……這個人確實是死了，停止不動了。他是個編織完自己的故事，消失在帷幕另一端的演員。不過，該怎麼說才好呢……在那個另一端，好像還有其他人存在。而那個人此時此刻還活在自己的故事裡……或者說，正翹首盼望著下一幕劇。」

†

風變大了。

在視野寬闊的山丘上，艾瑟雅正呆呆地望著夜空。

她的手上有一把遺跡兵器。是她能使用的，並且至今仍留在她的名字裡的瓦爾卡里斯……才怪。這是一把已經幾十年都沒有出現適任者，一直放在倉庫角落累積灰塵的劍。這次來到這座懸浮島時，她悄悄竄改了文件，幾乎把這把劍當作私人物品帶了過來。

「…………」

她嘗試催發魔力——但馬上就放棄了。這並不是只要勉強自己就能辦到的事情。這就像是把乾巴巴的沙子裝進容器裡，試圖當水喝一樣。即使豁出自己的性命，她也連一瞬間的光輝都創造不出來。

「實在是……有些吃力啊……」

三十九號懸浮島已經近在眼前，決戰時刻將近。

這是一場沒有勝算的戰役，所以不如在展開只有犧牲的交戰之前，乾脆放棄三十八號懸浮島。這樣的選擇當然是存在的。實際上，以灰岩皮一等武官為首的幾個人一直都在提倡這個選擇。然而，這等同於今後要在這片天空中，釋放出體積為三十八號和三十九號兩座島加起來的〈第十一獸〉。想到這種危險性，還是趁現在有辦法抵抗時盡力而為吧……大多數的人都是這麼想的，所以這場戰役無可避免。

而且在這場戰役中，也是免不了會有幾個妖精喪命。

「技官也真是的，活著的時候那麼寵我們，結果人一死就撒手不管了。」

她還說出了這種不講理的埋怨。

「艾瑟雅？」

下方傳來了一道聲音。

「艾瑟雅，散步？」

「哎喲，怎麼了，小不點？」

比膝蓋稍微高一點的地方，出現了一抹藍天般的色彩。還來不及納悶那是什麼東西，就見藍天長出了手腳，然後往艾瑟雅的大腿上爬。

「妳一個人來的嗎？潘麗可蓉那兩人呢？」

「不～要！」

爬上大腿的藍天——莉艾兒抗拒地搖搖頭。

剛出生的妖精。現在還什麼人都不是，也不知道會變成什麼人。

「她們又唸了妳什麼嗎？真是的。」

雖說春天就快來臨了，但夜晚還是有點涼意。艾瑟雅用雙臂抱住暖呼呼的幼童，像是把她包覆住一樣。

莉艾兒「嗯」地看似滿足地點點頭，將頭埋進艾瑟雅的胸口。

「——不過，比起一個人看天空，這樣或許就沒那麼寂寞了呢。」

她這麼告訴自己後，突然覺得懷中的溫暖變得極為惹人憐愛，忍不住抱得更緊了些。

她本來是想要獨處才來到這裡。從輪椅上下來，坐在草地上，光看著天空沉浸在回憶中。然而，結果還是忍受不了孤身一人，於是就像現在這樣被莉艾兒的溫暖給治癒。

「哎呀，連我都覺得自己很沒出息。」

經常有人說她的笑容不能信任。

也常聽到人家說她總是在笑，搞不懂她的真正想法。

為了讓大家這麼說她，她平常就留意著要保持笑容。

快樂和喜悅時笑是理所當然的。寂寞和難受時笑是很重要的。擺出嚴肅的表情就能讓情況好轉的事態很有限。露出笑容，製造一點點的積極心情，藉此就能讓情況好轉的事態多多少少還是有的。既然如此就該笑，正因如此才要笑——這是過去名為「艾瑟雅」的少女的日記上所寫的事情。自從讀過這篇短文後，艾瑟雅的生活就充滿了這種如同面具般的笑容。

因此，偶爾像這樣被拖出率直的心情時，她就會感到極度難為情。

「艾瑟雅。」

「嗯，怎麼啦？」

「好暖和喲。」

「這樣啊……」

她似乎快想起了什麼，眼淚就要掉下。

「這樣真是太好了……能活到今天都值得了呢……」

她抬頭看天空，掩飾眼眸裡增加的氤氳水霧。

接著，聽到懷中的幼童開始發出睡著的呼吸聲。

「莉艾兒——！真是的，跑去哪裡了啊！」

「好啦，我不會生氣的，快出來——！我不會處罰妳的，快出來——！」

有兩道新的聲音接近。

今天晚上的客人還真多啊。艾瑟雅傻眼地看了過去。

「哦，艾瑟雅？」

「啊，正好，學姊，妳有在這附近看到莉艾兒——哎呀！」

撥開長得較高的草後，可蓉和潘麗寶一齊出現了。

「咿嘻嘻，妳們要找的東西在我這裡，所以要安靜一點喔。」

唔唔，怎麼會這樣。可蓉小小地呻吟了一聲。

這樣就不能處罰了呢。潘麗寶喃喃說道。

「這孩子這次又闖了什麼禍？」

艾瑟雅一邊撫著莉艾兒的頭，一邊問道。

「本來要送她上飛空艇，結果被她逃了。」

艾瑟雅唸著「飛空艇」這三個字後，想起來了。「哦——是要把她送去六十八號的事情吧。」

「對，差不多該讓她去妖精倉庫避難了，這裡很危險。」

潘麗寶確實說得沒錯。

這個萊耶爾市的護翼軍基地以及其周邊，都為了準備與近在眼前的〈獸〉決戰而忙得團團轉。一下是成堆的鋼鐵被運往右邊，一下是成堆的火藥被運往左邊，有人被恐懼亂了心智而放聲尖叫，也有人操作失誤導致試作兵器爆炸。這已經遠遠超出對教育不好的程度了，不僅對精神不好，對肉體也不好，實在不該再把小孩子放在這裡。

這孩子該去妖精倉庫了。從現在開始，她要在妮戈蘭的……那位所有妖精的母親的照料下，好好地在充滿愛（種類就不問了）的環境中長大。

在這裡的她們不可能一直陪伴在她身邊。因為在**明天**開始的戰役中，她們應該會一個接一個地消失——

「這孩子說了什麼？」

「她說不想去，要等爸爸回來……之類的。」

「……爸爸嗎？」

「是在說費奧多爾吧，我想。」

這是當然的，沒有其他人了。雖然沒有其他人了，但聽到這個字眼時，卻還是不禁會想到另一個人。

在內心深處某個深到自己也無法發現的地方，還是會依賴起他。

「到頭來，我們不管去到哪裡，整個種族都是愛撒嬌的孩子呢……」

她搖了搖頭後，低頭看懷裡的睡臉。

既沒有不安，也沒有不滿，嘴角還掛著口水。

莉艾兒只是平靜地貪享著安穩的時光。

後記／寫於沒有後路的情況

那個少年希望少女們的幸福，而那些少女們則祈求著少年的幸福。希望與祈禱否定著彼此，互相傷害。在失去了許多事物的當下，少年和少女們也絕對不會放棄他們的希望與祈求——

就是這樣展開故事的本系列《末日時在做什麼？能不能再見一面？》為各位獻上第四篇章節的**開端**。

是的，就是開端。

雖然這系列每次都會比較強勢地準備帶入下一段章節的引子，但姑且還是保有一集說完一個章節的形式。不過，這一集在這部分的情況就不同了，從【4】開始的最長章節並不會在【4】中結束，還會繼續下去。儘管沒有取類似上下集的標題，不過以概念來說很相近。費奧多爾和其他人就是要面臨這麼多的「某種事物」，然後被擺弄一番。

然後，在上一集【3】的後記也有提及，從這一集開始，故事會正式與前一系列《末日時在做什麼？有沒有空？可以來拯救嗎？》接軌。具體來說，那孩子和這孩子會完全不考慮後輩的感受積極搶戲。哎呀我說妳們，這裡應該把戲分交給年輕人吧，該世代交替了吧，不管我說幾次她們都聽不進去。

雖然我不會特地指出是誰，不過某個食人鬼用驚人氣勢把頁數吃掉了，這該怎麼辦才好。並且，與其對抗的另一位「姊姊」也威勢猛烈地把頁數吞掉了，我究竟該拿這些傢伙怎麼辦才好啊。

那麼，接下來是慣例的多媒體資訊！

せうかなめ老師繪製的漫畫版《末日時在做什麼？有沒有空？可以來拯救嗎？》第一集由KADOKAWA好評發售中。我個人推薦的觀賞重點是展現各種表情到處跑來跑去的小不點們，以及展現各種表情直逼而來的妮戈蘭小姐。距離好近好近好近。

本作在《月刊COMIC ALIVE》雜誌好評連載中。

另外，從四月起，動畫版《末日時在做什麼？有沒有空？可以來拯救嗎？》將於各電視臺及網路媒體開始播出。

我本身擔任編劇統籌並負責了一部分的腳本。所有工作人員和配音員都鬥志高昂，對原作的熟讀程度和投入的情感有時候連作者都要舉白旗投降。

我的工作已經幾乎結束了，所以現在是興奮地等待成果出爐。由於在進行過程中絕不妥協，所以有時候也花了不少時間，不過我想這部作品會很棒的。

電視臺與播出時間等詳細資訊請參閱官方網站（http://sukasuka-anime.com），或是推特官方帳號（@sukasuka_anime），還有各種媒體雜誌等等。OP／ED歌曲、各角色配音員等資訊也（我怕話匣子一開就停不下來所以這邊特意不提）已經公布了。

與原作相比另有不同解釋的《末日（略）》世界，逐漸拓展開來。

即使各自看到的天空顏色都不同，但依舊不改大家都在同一片天空下的事實……大概是像這樣，請連同原作一起支持！

話說，頁數也填得差不多了，來說說原作。

由追尋一位「女主角」而開始的古都亂戰，其情勢會一點一滴地逐漸改變。棋盤上的棋子都布置完畢後，各方勢力將揭曉各自的目的。每個人都有想守護的事物，每個人都有不能退讓的事物，大家都為了各自殷切渴求的勝利開始行動——

我隱隱約約地感覺到下一集可能會是這樣的故事，但說實在的，我自己也還不清楚會呈現出怎樣的故事。希望大家可以一邊透過漫畫和動畫來複習前作，一邊悠閒地等候。

那麼，但願我們能在某片一定有著不同顏色的天空下再會。

二〇一七年　冬

枯野　瑛

國家圖書館出版品預行編目(CIP)資料

末日時在做什麼？能不能再見一面？/ 枯野瑛作；
鄭人彥，Linca 譯. -- 初版. -- 臺北市：臺灣角川，
2018.03-
冊； 公分

譯自：終末なにしてますか？もう一度だけ、会えますか？
ISBN 978-957-564-076-7(第2冊：平裝). --
ISBN 978-957-564-242-6(第3冊：平裝). --
ISBN 978-957-564-429-1(第4冊：平裝)

861.57　　107000207

Kadokawa
Fantastic
Novels

末日時在做什麼？能不能再見一面？ 4

（原著名：終末なにしてますか？もう一度だけ、会えますか？#04）

2018年9月13日 初版第1刷發行
2024年5月30日 初版第6刷發行

作　者：枯野瑛
插　畫：ue
譯　者：Linca

發行人：台灣角川股份有限公司
總　監：呂慧君
總編輯：蔡佩芬
主　編：林秀儒
編　輯：彭曉凡
設計指導：陳晞叡
美術設計：李思穎
印　務：李明修（主任）、張加恩（主任）、張凱棋、潘尚琪

發行所：台灣角川股份有限公司
地　址：104台北市中山區松江路223號3樓
電　話：(02)2515-3000
傳　真：(02)2515-0033
網　址：www.kadokawa.com.tw
劃撥帳戶：台灣角川股份有限公司
劃撥帳號：19487412
法律顧問：有澤法律事務所
製　版：巨茂科技印刷有限公司
ISBN：978-957-564-429-1